Miranda Lee

Proposición indecente

WITHDRAWN

Editado por HARLEQUIN IBÉRICA, S.A.
Núñez de Balboa, 56
28001 Madrid

© 2000 Miranda Lee
© 2014 Harlequin Ibérica, S.A.
Proposición indecente, n.º 2338 - 24.9.14
Título original: The Playboy's Proposition
Publicada originalmente por Mills & Boon®, Ltd., Londres.
Este título fue publicado originalmente en español en 2000

I.S.B.N.: 978-84-687-4495-7
Depósito legal: M-19725-2014
Editor responsable: Luis Pugni
Impresión en CPI (Barcelona)
Fecha impresion para Argentina: 23.3.15
Distribuidor exclusivo para España: LOGISTA
Distribuidor para México: CODIPLYRSA
Distribuidores para Argentina: interior, BERTRAN, S.A.C. Vélez
Sársfield, 1950. Cap. Fed./ Buenos Aires y Gran Buenos Aires,
VACCARO SÁNCHEZ y Cía, S.A.

Capítulo 1

MICHELE abandonó la oficina justo después de las seis, con las felicitaciones de sus colegas de trabajo resonando todavía en sus oídos.

Aquel día había tenido una sesión de tormenta de ideas, lanzando y planteando ideas diversas para un proyecto publicitario en el que la compañía estaba trabajando, y que tenía que ser presentado a un cliente para mediados de mayo. No podía evitar admitir que algunas de las iniciativas que ella había planteado habían sido realmente buenas... pero a punto estuvo de caerse de la silla cuando su jefe, al final de la sesión, la eligió para que encabezara el equipo de la empresa Fabulosas Ideas. Por desgracia, para cuando dejó el edificio de oficinas, la impresión de asombro había dejado paso a una sorda e insistente inquietud.

Porque Fabulosas Ideas todavía no había conseguido el contrato al que aspiraba en aquellos momentos. Tenía que competir con otras agencias de publicidad por el lucrativo negocio de actualizar la imagen de Comidas Packard. Michele paseaba lentamente por la calle, repitiéndose que estaba más que preparada para asumir aquel desafío. Tenía veintiocho años, y cinco años de experiencia en publicidad: ¡toda una vida en aquel mundo! Recuperada la confianza, levantó nuevamente la mirada... pero no con la suficiente rapidez como para evitar chocar contra la espalda de una mujer, que tranquilamente estaba esperando en la acera ante un semáforo en rojo.

–¡Perdone! –exclamó, avergonzada. Cuando la rubia se volvió, Michele esbozó una tímida sonrisa–. Perdona, Lucille. Estaba pensando en las musarañas.

Lucille vivía en el mismo edificio de apartamentos que ella. Era, de hecho, la dueña de la agencia inmobiliaria que le había vendido la propiedad. Pero recientemente Lucille había abandonado aquella actividad para pasar a trabajar como especialista en traslados, asesorando a ejecutivos que deseaban cambiar de residencia dentro o fuera del país. Era un empleo bien remunerado, como quedaba de manifiesto por la ropa que gastaba. Hermosa y siempre impecable, Lucille podía tener hombres a puñados. Pero había quedado muy afectada por su matrimonio con el «cerdo más sexista de todos los tiempos», según sus propias palabras, y dado que solo recientemente había terminado con los trámites del divorcio, se encontraba en una fase en la que «odiaba a los hombres de todos los tipos y tamaños». Michele sospechaba, no obstante, que aquella fase no le duraría mucho. Durante el año anterior habían desarrollado una sincera amistad, y a veces salían juntas a cenar o a ver una película.

–Trabajando hasta tarde otra vez, por lo que veo –le comentó Lucille.

Michele miró su reloj: eran más de las seis.

–Mira quién habla... ¡la adicta al trabajo!

–Trabajar es mejor que quedarse sentada en casa mirándose las manos y esperando lo imposible.

–¿Lo imposible? ¿Tiene eso algo que ver con un

hombre? Admítelo, Lucille, en realidad no quieres seguir viviendo sola para siempre.

–Supongo que no –suspiró–. Pero no estoy interesada en volver a casarme. Y tampoco estoy interesada en cualquier hombre. Quiero un hombre con sangre, y no cerveza fría, en las venas. ¡Un hombre que me anteponga a mí y no a sus amigotes, o a su golf, o a su maldito coche!

–Tienes razón, Lucille –rio Michele–. Pides algo imposible.

El semáforo cambió a verde y las dos jóvenes cruzaron juntas la calle; luego giraron a la derecha para subir la corta cuesta que llevaba al edificio de apartamentos. Era un inmueble de tres pisos, de los años cincuenta, con fachada de ladrillo visto y balcones más bien pequeños. El interior, sin embargo, había sido convenientemente remodelado y modernizado, con amplias cocinas y cuartos de baños en los doce apartamentos que, apenas el año anterior, habían sido rápidamente vendidos. Una de las razones de ese éxito no había sido otra que su localización en el centro de Sydney, algo que Michele valoraba mucho. Su oficina solo estaba a unos diez minutos a pie de allí; cinco, si se daba prisa.

Pero durante esos días Michele solía tardar algo más en hacer ese trayecto, al menos el de vuelta, porque no estaba ni mucho menos tan deseosa de regresar a casa todos los días como de ir a su trabajo. Al igual de que Lucille, estaba viviendo sola. Pero seguía esperando que Kevin le suplicara que le dejara volver con ella algún día. Siempre lo hacía. Solo tenía que tener paciencia.

–¿Cómo es que hoy regresas a casa andando? –le preguntó a Lucille cuando llegaron al portal y recogieron su correspondencia.

–Tuve un choque esta tarde –contestó–. Y no hubo más remedio que llevar el coche al taller.

Michele se distrajo momentáneamente de la conversación al ver el elegante sobre blanco que acababa de sacar del buzón. El dibujo de unas campanas de boda en una esquina sugerían que se trataba de una invitación. ¿Quién entre sus amigas y conocidas podía haber tomado la decisión de casarse? Cuando finalmente asimiló lo que le había respondido Lucille, exclamó consternada:

–¡Oh, qué fatalidad! ¿Y cómo estás?

–Bien, no me pasó nada. Y tampoco fue culpa mía. Un loco a bordo de un deportivo me golpeó por detrás. Conducía demasiado rápido, claro. Como ese tipo que está bajando la calle ahora mismo.

Un impresionante deportivo negro circulaba calle abajo hacia ellas a gran velocidad, hasta que se detuvo frente al edificio de apartamentos. Su conductor salió en un abrir y cerrar de ojos, después de aparcar en una zona prohibida.

–¿Quién diablos se cree que es? ¿Acaso se piensa que la calle es suya? –exclamó Lucille, indignada.

–Parece que es mi querido amigo Tyler –comentó Michele mientras observaba al hombre en cuestión–. Tyler Garrison, ¿recuerdas? Te he hablado de él.

–Así que este es el infame Tyler Garrison... –Lucille arqueó sus bien delineadas cejas–. Bueno, bueno, bueno...

–¿Quieres conocerlo?

–No, gracias. No tengo mucho tiempo para play-boys, por muy atractivos que sean.

Lucille desapareció rápidamente, dejando a Michele sola observando cómo se acercaba Tyler. Sin duda, era un hombre muy atractivo. Demasiado.

Francamente, Tyler era demasiado todo; demasiado guapo, demasiado inteligente, demasiado seductor. Pero por encima de todo... demasiado rico. Su soberbio traje azul marino, que resaltaba su espléndido cuerpo, debía de haber costado una fortuna. Al igual que sus zapatos italianos. La corbata estampada en oro era indudablemente de seda, y su color iba a la perfección con su tez bronceada y con su cabello rubio oscuro. Era, en suma, la perfección personificada. Michele tuvo que admitir a su pesar que, durante los diez años que duraba su relación de amistad, siempre había visto a Tyler como un hombre físicamente perfecto. Excepto en una sola cosa..

Retrocedió mentalmente a su época de estudiante universitaria, durante su último año de carrera. Tyler jugaba por aquel entonces al rugby en el equipo de la universidad, y un violento placaje lo mandó al hospital con las piernas paralizadas e indicios de una lesión en la columna vertebral. Michele había ido a visitarlo tan pronto como se hubo enterado del suceso, colándose en el hospital después de las horas de visita, y se había quedado impresionada al ver su penoso estado.

Durante un rato, Tyler se había esforzado por poner buena cara, pero no había sido capaz de mantenerla después de que ella le tomara una mano entra las suyas y le dijera dulcemente que seguía siendo una persona muy atractiva... a pesar de estar paralizado. Aquella noche Tyler había llorado en sus brazos.

Michele casi rio al recordar aquel suceso y la profundidad con que la afectó en aquel tiempo. Desde entonces siempre se le había dado bien consolar y reconfortar a la gente. A las chicas como ella les gustaba sentirse necesitadas, y Tyler la había necesitado aquella noche. Afortunadamente, aquellos turbadores sentimientos no duraron mucho, al igual que la parálisis de Tyler. La lesión en la columna no revistió mayor gravedad y el paciente no tardó en recuperarse. Y, diez años después, Tyler no parecía en absoluto una persona necesitada de consuelo o de apoyo. Parecía exactamente lo que siempre había sido: el glorioso chico de oro, heredero de una multimillonaria compañía editorial. Aquel breve episodio solo había sido un simple traspié en el perfecto y privilegiado sendero que estaba destinado a recorrer.

–¿Coche nuevo? –inquirió cuando Tyler se detuvo frente a ella.

–¿Qué? Ah, sí. Lo compré el mes pasado.

Michele sonrió, irónica. Tyler cambiaba de coche con la misma frecuencia que cambiaba de mujer.

–¿Te aburriste del Mercedes?

El hecho de que no correspondiera a su sonrisa, en contra de su costumbre, la alarmó. Y se puso aun más nerviosa al darse cuenta de que era muy extraño en Tyler que hubiera ido a buscarla a su casa de aquella forma. Y también que tuviera una expresión tan preocupada. Tyler nunca estaba preocupado.

–¿Qué pasa? ¿Algo va mal? –le preguntó, arrugando sin darse cuenta el sobre que sostenía en la mano–. Oh, Dios mío, se trata de Kevin, ¿verdad? –lo agarró del brazo, con el corazón acelerado–. ¿Es que ha sufrido un accidente de coche? Conduce como un loco, incluso peor que tú. Siempre le estoy diciendo que no vaya tan rápido y...

–Nada malo le ha sucedido a Kevin –la interrumpió Tyler, tomándole la mano entre las suyas–. Pero sí, he venido a hablarte por él. Pensé que podrías necesitarme.

–¿Necesitarte? –repitió, asombrada.

Tyler esbozó entonces una sonrisa extrañamente triste, lo cual confundió aún más a Michele. ¿Tyler confundido y triste?

–Bueno, soy el último integrante de la antigua pandilla que podía ofrecerte un hombro sobre el cual llorar –musitó–. Todos los demás se han marchado. O se han casado –se interrumpió por un momento, para luego añadir con tono suave–: O están a punto de hacerlo.

Michele simplemente se lo quedó mirando durante un buen rato, como si un pozo negro se le hubiera abierto de pronto en el estómago. Era una chica inteligente, y no tardó en captar el mensaje. Al fin bajó la mirada a la invitación de boda que todavía sostenía en la mano. Ya sabía quién se la había enviado. Kevin.

Kevin iba a casarse. Pero no con ella, la chica que lo había amado desde que, diez años antes, se conocieron en la universidad. La que había sido su fiel compañera durante aquellos cuatro maravillosos años, su fiel amante durante los dos siguientes y en periodos intermitentes desde entonces. Y la que estúpidamente lo había estado esperando desde que separaron la última vez, a comienzos de aquel año... con la esperanza de que entrara en razón y se diera cuenta de que nunca encontraría a otra mujer que lo amara como ella.

–Nada más llegar a casa encontré mi invitación en el correo –le explicó Tyler–, e inmediatamente pensé que regresarías del trabajo esta tarde, sola... y que muy bien podrías encontrarte con una invitación semejante en tu buzón. Así que me vine directamente para acá.

–Muy... amable por tu parte –pronunció con voz estrangulada.

–¿Amable? Yo no utilizaría esa palabra. Tú estuviste a mi lado cuando más lo necesitaba, y eso es algo que jamás he olvidado. Permíteme devolverte el favor ahora.

Michele lo miró asombrada. Qué extraño que le hubiese mencionado aquel incidente justo después de que ella lo hubiese recordado. Así que, contra todo pronóstico, no había olvidado aquel momento de derrumbe emocional...

–¿Con quién se va a casar? –inquirió, tensa–. ¿La conozco?

–Sí. La conociste en la fiesta de Nochevieja que celebré el pasado en mi casa. Se llama Danni Baker.

Michele se sintió literalmente enferma. Kevin rompió con ella poco después de aquella fiesta. Ahora sabía por qué. Pero su dolorosa sorpresa no tardó en ceder el paso a la furia.

–¿Así que es a ti a quien debo agradecerle esto? –le espetó a Tyler, liberando su mano.

Por un instante, Tyler se vio afectado visiblemente por su amarga acusación.

–Eso no es justo, Michele.

–Quizá no, ¡pero es verdad! –sollozó–. ¡Si no nos hubieras invitado a tus maravillosas fiestas! ¡Si no hubieras impresionado tanto a Kevin con tu maravilloso estilo de vida, tentándole a desear poseer más dinero del que podía ganar! ¡Si hubieras permanecido al margen de nuestras vidas...! Y ahora va a casarse con una guapa millonaria con quien yo jamás podría competir...

–Lamento que reacciones así, Michele –repuso Tyler, tenso–. Yo, en cambio, creo que podrías competir con cualquier mujer. Eres tan inteligente como hermosa.

Pero a Michele no le quedaba paciencia para soportar sus galanterías.

–Oh, vamos. ¿Inteligente? ¿Desde cuándo un hombre ha valorado la inteligencia en una mujer? Y en cuando a lo de hermosa... sé cómo soy. Y soy una morena medianamente atractiva con una figura medianamente buena. Fin de la historia.

–Creo que te subestimas. Eres una morena muy atractiva con una muy atractiva figura. Es cierto que Danni es una chica impresionante, y rica, pero la verdad es que no es mala chica, y la compadezco. Tú y yo sabemos que Kevin no se casa por amor.

–¡Desde luego, porque me ama a mí!

–¿Tú crees? –el tono de Tyler fue brutalmente cáustico.

–¡Sí! –insistió, y ello a pesar de que la realidad le decía lo contrario. Si Kevin la amaba a ella... ¿por qué se iba a casar con otra mujer?

¡Y demostrar la insensibilidad de enviarle una invitación de boda sin decírselo antes siquiera! ¡Si apenas hacía un mes había tomado café con él y no le había contado ni una palabra de su compromiso con Danni! Solamente habían hablado de trabajo. Kevin también era publicista, y había tenido algunos problemas para rematar un proyecto. Michele le había dado algunas ideas y él se lo había agradecido encarecidamente. El descorazonador descubrimiento de que solo se había estado aprovechando de su inteligencia hizo que los ojos se le llenaran de lágrimas.

–La única persona a la que Kevin ama... –le espetó Tyler–... es él mismo. Vamos, no te pongas a llorar aquí. Sabes lo mucho que detestas dar espectáculos en público. Vamos dentro. Luego podrás desahogarte en privado –la tomó del codo y empezó a guiarla hacia las escaleras.

En un primer momento, a Michele la irritó aquella autoritaria actitud, pero luego se dijo que Tyler solo estaba intentando ser amable con ella. Tenía que reconocer, no obstante, que él siempre había tenido la habilidad de irritarla, ya desde el primer día que lo conoció en la universidad, cuando apareció en la sala de lectura con la apariencia del protagonista de *El Gran Gatsby* más que con la de un estudiante normal.

Recordaba bien aquella escena. Cuando todas sus compañeras lo miraron con ojos como platos, Michele volvió a concentrar su atención en Kevin, atractivo y encantador, además de buen estudiante, sinceramente apasionado por el curso que acababa de empezar. Kevin estaba trabajando duro para conseguir graduarse en diseño gráfico y comunicación visual mientras que Tyler le había parecido poco interesado por sus estudios.

A pesar de las brillantes notas que obtuvo durante los siguientes cuatro años, Michele siempre tuvo la sensación de que Tyler estaba en la universidad para divertirse, para entretenerse hasta que su padre se jubilara y lo pusiera al frente de su imperio familiar. Tyler ya se había graduado en administración de empresas antes de empezar el curso en el que se encontraban Michele y Kevin, lo cual explicaba que fuera cuatro años mayor que ellos. Michele no le había dejado entrar de principio en la pequeña pandilla que habían formado, pero cuando necesitaron una persona más para el proyecto de vídeo y Kevin se lo pidió a Tyler, dio comienzo su relación de amistad.

Nunca estuvo muy segura de lo que pudo ver Tyler en aquellos cinco amigos entre los que ella se contaba, pero con el tiempo se preocupó mucho de cultivar su amistad y, hasta el momento presente, no había dejado que se perdiera. Seguía invitando a los cinco a sus las numerosas y variadas fiestas que celebraba en su casa, aunque no todos asistían a las mismas. Como Linda, que dos años atrás se había trasladado a Nueva York para trabajar en el *Times*. O Greta, casada y con un niño, que había vuelto a su ciudad natal de Orange. Jeff aparecía ocasionalmente por aquellas fiestas, pero pasaba cada vez más tiempo en San Francisco.

La única razón por la que ella seguía asistiendo era porque Kevin siempre la llevaba. Pero, en realidad, no le gustaban los sentimientos que Tyler le inspiraba. A su lado, siempre se sentía nerviosa e irritada... ¡como en aquel preciso momento!

–Tendrás que mover tu coche primero –le dijo ella bruscamente–, o te pondrán una multa por aparcar en prohibido.

–Olvídate del maldito coche. Tú eres más importante que cualquier estúpida multa.

–¡Ha hablado un verdadero millonario!

–¿Qué es lo que te pasa con mi dinero? –se detuvo para mirarla–. ¡No puedo evitar haber nacido rico, al igual que Kevin no pudo evitar haber nacido pobre!

–No, pero ciertamente podrías evitar derrochar tu dinero. Y despreciarlo como si no tuviera ningún valor. Nosotros somos seres mortales preocupados por cosas tales como las multas de tráfico, ¿sabes?

–Ya lo sé, Michele –rezongó–. Muy bien, ¿dónde puedo aparcar correctamente aquí? ¿Tiene este edificio garaje, o alguna zona de aparcamiento?

–Sí.

–¿Dónde, por el amor de Dios?

Michele levantó la mirada para ver la expresión de frustración de Tyler, y se dio cuenta de que la situación se estaba deteriorando, como siempre ocurría cuando los dos se quedaban solos. Aquel escenario se estaba tornando en algo deprimentemente familiar. Tyler no tardaría en criticarla por su rendido e incondicional amor por Kevin, y ella le lanzaría algunas pullas por su interminable relación de amiguitas. Lo cierto era que procedían de mundos distintos y que deberían haber dejado de verse años atrás. No tenían nada en común. ¡Nada en absoluto!

–Mira –le dijo Michele con el tono más razonable del que fue capaz–. ¿Por qué no te vas a casa? Aprecio tu gesto al haber venido aquí para ver cómo estaba. Me recuperaré, te lo aseguro. No creas que voy a tirarme por el balcón.

–No imaginaba que hicieras algo así –repuso irónico–, dado que vives en un primer piso.

–¿Cómo sabes que vivo en un primer piso? –le preguntó, frunciendo el ceño–. Nunca has subido a mi apartamento. Solo me acompañaste hasta aquí una vez, si mal no recuerdo.

Kevin había bebido demasiado en la última fiesta de Navidad que había celebrado Tyler, de modo que este había insistido en llevarlo a casa de Michele en su coche. Durante todo el trayecto, habían estado discutiendo sobre Kevin.

–En aquella ocasión me limité a esperar apoyado en mi coche, después de que tú entraras como una furia en casa. Cuando vi encenderse una luz en el primer piso, supuse que se trataría de tu apartamento. Después de todo, eran las cuatro de la mañana y todas las demás ventanas estaban a oscuras.

–Oh... –la culpa y la vergüenza le atenazaron el estómago. Recordaba haberse comportado de manera abominable aquella noche. Y en aquel momento no lo estaba haciendo mucho mejor.

Por mucho que detestara admitirlo, Tyler se había comportado como un buen amigo suyo durante los últimos años. Y tenía razón. No podía evitar haber nacido rico, y guapo, e inteligente... Y suponía que tampoco podía evitar ser un poquito playboy. ¿Qué otro hombre, en su posición, no habría hecho lo mismo?

–Si quieres que me vaya... –pronunció él, cansado–... me iré.

Ahora sí que se sentía realmente avergonzada. Lo menos que podía hacer era invitarlo a tomar algo en su apartamento.

–No, Tyler. No quiero que te vayas. Vamos. Te mostraré dónde puedes aparcar y luego subiremos a tomar una copa, un café o cualquier otra cosa.

Un brillo apareció en los ojos de Tyler, acentuado por la sonrisa maliciosamente sexy que curvó sus labios.

–Estoy abierto a cualquier posibilidad.

Michele sintió una punzada en el estómago cuando una demasiado explícita imagen asaltó su mente.

–¡Espero que no estés pensando en algo sexual! –exclamó.

–En ese terreno, soy de toda confianza.

–Ya me lo imagino –fue la irónica réplica de Michele–. Pero enfrentémonos a la realidad, Tyler: no respondo en absoluto a tu habitual modelo de compañera de cama. No doy las medidas. Ni soy lo suficientemente alta ni soy pechugona...

–Oh, no sé si...

Cuando vio que bajaba la mirada a sus senos, Michele se sobrecogió al sentir que se le endurecían los pezones. Afortunadamente llevaba una chaqueta encima. A pesar de su irritante reacción, o quizá a causa de ella, de repente la consumió la curiosidad por conocer sus habilidades como amante. Práctica no debía de faltarle. ¿Acaso su aspecto y su riqueza lo harían comportarse de manera egoísta y arrogante en la cama? ¿O sería tan brillante en el sexo como en los demás aspectos de la vida? Cuando sintió que se ruborizaba, su irritación no hizo sino empeorar. ¿Qué diablos le sucedía? Allí estaba, con el corazón destrozado a causa de Kevin... y pensando en tener relaciones sexuales con otro hombre.

—Oh, dejemos estas tonterías de una vez —le espetó, volviéndose para dirigirse hacia su coche—. ¡No estoy de humor para aguantar bromitas tuyas, Tyler Garrison!

—Qué pena. A mí me estaba gustando.

—¡Basta ya!

—Sí, *madame* —se inclinó hacia ella con burlona cortesía—. Lo que usted diga, *madame*.

Michele esperó impaciente a que le abriera la puerta del coche, y se esforzó por sentarse con la mayor dignidad posible. Lo cual no resultó nada fácil. Siempre acudía al trabajo vestida de traje negro y con chaqueta y falda ajustada. Los trajes de ese tipo le sentaban muy bien, dado que destacaban su fina cintura. Y las faldas cortas resaltaban sus largas y bien torneadas piernas.

Pero las faldas cortas y ajustadas no eran muy adecuadas para sentarse en los bajos asientos de los deportivos, que llegaban casi hasta el nivel del suelo. Y para cuando se instaló en el mismo, había enseñado las piernas hasta más allá de medio muslo. Naturalmente Tyler lo advirtió, a juzgar por la dirección de su mirada. Pero lo que más la inquietaba no era que Tyler le hubiera visto las piernas, sino la forma en que ella misma estaba reaccionando a su presencia.

—¡Ni una palabra!

—Jamás se me hubiera ocurrido. Y ahora, ¿por dónde es?

Mientras le facilitaba las indicaciones adecuadas, Michele decidió que no le dejaría quedarse demasiado tiempo en su casa. Evidentemente se encontraba en un estado emocional demasiado vulnerable. Con toda probabilidad, incluso en estado de shock. Había estado tan segura de que Kevin, en el fondo, la amaba... Tan segura como de que ella aún seguía amándolo.

Las lágrimas asomaron a sus ojos una vez más. «Pues estabas equivocada, Michele», le dijo la cruel voz de la fría, dura razón. «Fatalmente equivocada».

Capítulo 2

E S REALMENTE bonito, Michele –comentó Tyler cuando entró en el salón comedor de su apartamento.

Michele contempló aquel espacio escasa y sencillamente amueblado, con sus suelos de madera y sus paredes pintadas en blanco crema. No había dispuesto de dinero suficiente para adquirir el caro mobiliario de piel que le habría gustado, así que había empleado varios sábados en acudir a subastas de muebles y había conseguido algunas gangas. Le gustaba especialmente el sofá color mostaza y los dos sillones de cuero, deliciosamente cómodos. Tyler acaba de tomar asiento en uno de ellos en aquel preciso momento.

–¿Y eso qué quiere decir? –detestaba la palabra «bonito». Y en aquel momento se sentía furiosa, irritable... ¡a punto de explotar, o de llorar, o de cualquier otra cosa!

–Nada malo, eso te lo aseguro –respondió, repantigado en el sillón–. Me gusta su elegante sobriedad. Las estanterías están llenas de libros, y no de ornamentos superfluos. Los cuadros de las paredes tiene algo que decir; no están ahí solo para combinar bien con los colores de la habitación. Los muebles son sencillos y cómodos. Sin pretensiones. Como tú.

Se trataba de un cumplido, sin duda, y Michele se

preguntó por qué le resultaba tan difícil de aceptarlo, o por qué creía detectar un tono condescendiente en sus palabras. Decidió no decir nada y se limitó a observarlo. Esa era otra cosa que siempre se había sorprendido a sí misma haciendo con Tyler: observarlo. Observar su aspecto, la manera que tenía de moverse, de reír, de sonreír.

No había sido solamente ella, evidentemente, quien se había sentido atraída como un imán por Tyler. Kevin también se le había pegado como un cachorrillo durante sus días de estudiante, siguiéndolo a todas partes y admirándolo de continuo. Y Michele siempre había detestado aquella actitud servil.

Solo cuando entró en la cocina y dejó el bolso sobre la encimera, se dio cuenta de que todavía llevaba en la otra mano la invitación de boda. La alisó, leyó el texto y descubrió que la ceremonia iba a celebrarse en una iglesia. Se sintió inmediatamente humillada. ¡Una iglesia, por el amor de Dios! ¡Kevin no había entrado en toda su vida en una iglesia! Al menos, no desde que ella lo conocía. ¡Qué hipócrita miserable...! Las lágrimas volvieron a hacer acto de presencia. Diez años de su vida... desperdiciados, arrojados a la basura.

Ansiaba llorar... desesperadamente. ¿Pero cómo podía hacerlo con Tyler sentado en la habitación contigua, satisfecho de sí mismo por haberle advertido del volátil carácter de Kevin, asegurándole que nunca había podido ni querido darle lo que ella siempre había deseado? Desde que lo invitó a pasar a su casa, había esperado que le soltara aquello de «ya te lo había dicho yo».

Limpiándose las lágrimas con el dorso de la mano, puso a calentar agua.

—¿Café instantáneo te vale? —le preguntó desde la cocina.

—Sí.

—Pon la televisión, si quieres.

—No, gracias. Prefiero quedarme aquí sentado sin hacer nada, relajándome.

«Pues sigue relajándote entonces, Tyler, mientras yo estoy aquí, disimulando mi dolor y preparándote este maldito café cuando en realidad me encantaría mandarte al diablo para poder llorar con un poco de tranquilidad»; eso era lo habría querido decirle Michele y, por supuesto, no le dijo. Sacó dos tazas y vertió en ellas el café instantáneo, añadiendo tres cucharadas de azúcar en la de Tyler. El dulce le encantaba. Tenía pasión por los postres, el chocolate o cualquier otra cosa que llevara más de medio kilo de azúcar entre sus ingredientes. Y lo curioso era que no engordaba lo más mínimo, por más tartas o galletas que acumulara en su estómago, maravillosamente plano. Kevin, en cambio, nunca probaba el dulce, siempre vigilante de su peso. Mientras vivieron juntos, Michele había tenido que poner mucho cuidado en cocinar con alimentos bajos en grasas y calorías, porque sabía lo quisquilloso que era con su imagen corporal. ¿Acaso era el hecho de pensar en Kevin, o en el gran esfuerzo que siempre había tenido que hacer para agradarlo, la razón de las lágrimas de furia y venganza que volvían a asomar a sus ojos? No lo sabía. Lo único que sabía era que de repente la presa que tan desesperadamente había intentado construir se había derrumbado, y el torrente de su dolor fluía libremente. Estaba sollozando, apoyada en el fregadero, cuando sintió las grandes manos de Tyler sobre sus hombros, atrayéndola hacia su pecho.

–Vamos, vamos –susurró con tono suave–. Llora todo lo que quieras, si así te sientes mejor. No hay nadie aquí excepto tú y yo.

–¡Oh, Tyler! –exclamó, deslizando las manos en torno a su cintura y apretándose contra él.

Tyler se quedó quieto solo por un instante antes de abrazarla a su vez y apoyar la barbilla sobre su cabeza, rozándose el cabello con los labios. Michele se estremeció y volvió a sollozar.

–Ya está, ya está. Lo superarás, Michele. Estoy convencido de ello.

–Pero... ¡pero él va a casarse con otra mujer! –gritó–. No... no puedo soportarlo. Lo amo demasiado.

–Demasiado, Michele. Siempre lo has amado demasiado.

El resentimiento se impuso a la consternación. Así que Tyler volvía a las andadas, volvía a criticarla por lo de Kevin. ¿Por qué no le dejaba un momento de respiro? Bruscamente se liberó de sus brazos.

–¿Qué sabes tú de amar demasiado a alguien?

Tyler la miró; sus ojos azules ya no expresaban compasión, sino una despiadada dureza. Nunca antes la había mirado de esa forma, y eso la afectó más de lo que le habría gustado admitir.

–Lo... lo lamento –musitó–. No he debido decir eso.

–Desde luego que no has debido decirlo, Michele. Toma, límpiate la nariz con esto –y le tendió su pañuelo de seda dorada, a juego con su corbata.

Michele acogió con agrado la oportunidad de desviar la mirada de aquellos fríos ojos. Aun así no pudo cambiar de tema, necesitada quizá de justificar su anterior comentario.

–Tú... tendrás que admitir que nunca te has enamorado profundamente de nadie –pronunció después de sonarse la nariz–. Quiero decir que... cada semana sales con una chica diferente.

Como Tyler no dijo nada, Michele se atrevió a levantar la mirada hacia él, y descubrió con alivio que estaba sonriendo de nuevo. Con aquella maliciosa sonrisa sexy tan característica suya.

–Lo has notado, ¿eh?

–Habría resultado difícil no hacerlo.

–No puedo evitarlo –se encogió de hombros–. Ninguna chica ha logrado interesarme durante demasiado tiempo.

–Quizá eso se deba al tipo de chicas con las que sales –señaló secamente Michele–. Quiero decir que... bueno, Tyler, no se trata precisamente de chicas con mucho cerebro.

–Quizá no –sonrió–. Pero con piernas bonitas, sí.

–Tyler, Tyler... ¿qué voy a hacer a contigo? –susurró, sacudiendo la cabeza.

–Podrías apiadarte de mí e intentar corregir esa situación.

–¿Cómo?

–Sal esta noche conmigo a cenar y a bailar. De esa manera podré salir con una chica con mucho cerebro y con unas piernas preciosas.

Michele elevó los ojos al cielo. Nada la molestaba más que el que Tyler se burlara de ella. Lo cual sucedía bastante a menudo.

–Oh, claro. A cenar y a bailar. Contigo. Claro. Lo que tú digas, Tyler –le devolvió la burla.

Sabía perfectamente bien cómo podía terminar una cita de ese tipo de Tyler: en la lujosa casa flotante en la que vivía, detrás de la impresionante mansión Vaucluse, en su enorme cama de agua.

–Bien –pronunció Tyler con tono firme–. ¿Cuánto tiempo tardarás en prepararte?

Michele lo miró estupefacta por un momento, y luego se echó a reír, algo nerviosa.

–No estás hablando en serio.

–Claro que sí. Completamente.

Aquella inesperada invitación le provocó un innegable y embriagador deleite. ¿Acaso, en el más oculto compartimento de su mente, no había soñado con que Tyler la invitaría una noche a salir con él? Pero nunca lo había hecho, ni una sola vez. Nunca la había mirado con el más mínimo indicio de deseo, excepto hacía tan solo unos minutos, cuando subió a su coche. Aun así, eso ni siquiera había sido puro deseo, sino una simple burla. Y allí estaba, pidiéndole que saliera con él.

Su inicial entusiasmo se apagó una vez que el sentido común le explicó el verdadero motivo que se ocultaba tras aquella invitación. Tyler simplemente se estaba apiadando de ella por lo de Kevin. Era una sensación humillante. Si respondía que sí, sabía que indudablemente Tyler pondría fin a la velada acompañándola hasta casa y despidiéndose con un casto beso de buenas noches. Su ya destrozado corazón tuvo que lidiar con un dolor más nuevo y profundo. No solo no se sentía amada ni necesitada, sino no deseada. Ni siquiera Kevin la había deseado al final, así que... ¿por qué iba a hacerlo Tyler?

–Déjate de tonterías –le dijo, intentando adoptar un tono ligero–. Pídeselo a cualquier otra, si tan desesperado estás por salir de noche. A una de tus muñequitas.

–Así que me estás diciendo que no.

El tono de furia que latía en su voz la sorprendió,

hasta que tomó conciencia de lo desagradecida que debía de haberle sonado su negativa.

–Mira, eres muy amable al pedirme que salga contigo, Tyler, pero la verdad es que esta noche me siento demasiado cansada. He tenido un duro día de trabajo, y entre una cosa y otra, solo tengo ganas de cenar en casa y acostarme temprano.

–De acuerdo. ¿Qué tal entonces si lo dejamos para otra noche?

–Tyler –suspiró–, realmente no tienes por qué hacerlo.

–¿Hacer qué?

–Lo sabes perfectamente.

–Ah, entiendo. Crees que te lo estoy pidiendo por compasión.

–¿Y no es verdad?

–No creo que pueda responder a esa pregunta –sonrió tristemente– sin incriminarme a mí mismo.

Michele suspiró nuevamente y se volvió luego hacia la encimera de la cocina, señalando el café.

–¿Te sigue apeteciendo eso?

–Si no es mucha molestia...

–¿Cómo puede molestarme preparar una café instantáneo? Anda, vuelve a sentarte en el salón. Y enciende la televisión, ¿quieres? Ponen un concurso a las siete.

–¿Te gustan los concursos de preguntas? –le preguntó Tyler cuando ella entró en el salón con las dos tazas y las dejó sobre la mesa.

–Sí que me gustan –tomó asiento en el otro sillón. «Habitualmente», añadió para sí. Porque aquella noche no creía que nada le gustara demasiado.

–¿Qué tal si hacemos una competición? –le sugirió Tyler–. ¿O no te gusta jugar?

Su evidente tono de superioridad la animó a aceptar el desafío.

–¿Podrá soportar tu orgullo que te deje en cueros?

Si había algo en lo que Michele era buena, era en los concursos culturales. Su memoria fotográfica había absorbido con los años una ingente cantidad de conocimientos. Le encantaba sentarse frente a la televisión a aquella hora, intentando responder a las preguntas antes que los concursantes. Y, la mayor parte de las veces, acertaba.

–Eso depende de lo que entiendas por la expresión.

–Me refería a «dejar en cueros» en sentido metafórico, claro está –repuso secamente Michele.

–Qué pena. Aun así, creo que la que se quedará en cueros serás tú.

–¡Oh, estoy aterrada! –exclamó ella.

–Pues deberías estarlo –replicó con tono sombrío.

Michele lo miró con cierta sorpresa, pero al ver que estaba sonriendo detrás de su taza de café, se dio cuenta de que solamente estaba bromeando.

–No esperes que te deje ganar –añadió Tyler– solo porque seas una mujer.

–No te preocupes –replicó ella–. No voy a hacerlo. Atención, pronto van a hacer la primera pregunta. Tenemos que responderla nosotros antes de que lo hagan los concursantes.

¡La siguiente media hora fue la más divertida que había pasado Michele en años! Ella ganó, pero por muy poco, ya que Tyler era muy bueno. Cuando el concurso terminó y él se levantó para marcharse, no pudo evitar sentirse decepcionada. Una situación curiosamente paradójica, ya que poco antes había estado ansiando que se marchara. Michele también se levantó.

–Si te apetece quedarte –se apresuró a sugerirle–... podría encargar que nos trajeran una pizza. Este mes hay una oferta especial: dos pizzas, pan de ajo, refrescos y tarta helada por veinte dólares.

–Mmmm. Esa es una oferta que sencillamente no puedo rechazar.

–¿Te estás burlando? Mira, supongo que ahora no comerás a menudo pizza, pero recuerdo que antes no te importaba nada compartirla con nosotros. Aunque supongo que esos viejos días están más que olvidados, ¿verdad? –se dispuso a recoger las dos tazas vacías–. Porque no tienen nada que ver con tu actual estilo de vida.

–¡Oh, por el amor de Dios! –exclamó Tyler, frustrado por aquel ataque–. Si yo soy un niño de papá, como has vuelto a insinuar, tú tienes un montón de prejuicios. Y, a veces, eres una auténtica bruja. Y ahora deja de meterme conmigo y encarga esa maldita pizza, antes de que te coloque sobre mis rodillas y te propine un buen azote en ese precioso trasero tuyo –y, dicho eso, volvió a sentarse en el sillón.

Michele enrojeció visiblemente, intentando convencerse de que su rubor se debía a aquel típico comentario sexista... y no a la erótica imagen que había asaltado su mente. ¿Qué le estaba pasando? Giró sobre sus talones y llevó las tazas a la cocina, donde permaneció durante un rato para recuperar la compostura.

–Lo siento –se disculpó cuando volvió al salón–. Tienes razón. No sé por qué te molestas en hacerme compañía. Ahora que ya no hay nada entre Kevin y yo, no te culparía si no volvieras a llamarme nunca. ¡Soy un verdadero incordio!

–Por decirlo de la mejor manera.

—Oye, no tienes por qué hurgar en la llaga —protestó.

—¿Podría?

Tyler sonrió. Y ella también, sin que pudiera evitarlo. Le resultaba muy difícil permanecer enfadada con Tyler cuando decidía desplegar su encanto. Además, era consigo misma con quien debería sentirse disgustada.

—¿Qué tal si alquilamos una película para acompañar las pizzas? —sugirió él—. Una de esas viejas películas en las que el protagonista siempre acaba ganando al final.

—De acuerdo.

—¡Estupendo! —se levantó de un salto—. Y ahora, ¿cuál es tu actor preferido?

—El que quieras. Elige tú.

—¡Vaya! Cuando quieres, puedes ser terriblemente fácil de contentar.

Michele entrecerró los ojos, desconfiada, y ladeó la cabeza, con las manos en las caderas.

—¿Y sabes que tú puedes llegar a ser terriblemente irritante?

—¿Por qué?

—¿Que por qué?

—Sí. ¿Por qué?

—Yo... la verdad es que no lo sé —le confesó, algo frustrada por su pregunta.

—Intenta darme una respuesta. No me ofenderé aunque seas brutalmente sincera. Después de todo —añadió, irónico—. Lo eres muy a menudo.

—Bueno, supongo que es porque eres demasiado... perfecto.

—¡Demasiado perfecto! —exclamó Tyler, y a continuación se echó a reír—. Cariño, disto mucho de ser perfecto.

–Y yo disto mucho de ser una bruja.

–Lo sé –de repente su expresión se suavizó–. Lamento haberte llamado eso. Eres una mujer cálida, cariñosa, leal y sincera. Kevin es un estúpido por haberte perdido.

En eso, Michele no podía estar más de acuerdo.

–Pero creo que tú eres todavía más estúpida que él –continuó Tyler antes de que ella pudiera seguir disfrutando de sus elogiosas palabras– por haberlo soportado durante tanto tiempo.

Michele abrió la boca para defenderse, pero él no le dio oportunidad.

–Puedo comprender lo que sentiste por Kevin al principio. Kevin nos engañó a todos con su cara de niño bueno y su aparente modestia. Lo admito, a mí también me afectaron sus continuas zalamerías. Hacía que te sintieras especial, alguien en quién él podía confiar, alguien que siempre iba a estar a su lado para ayudarlo –vaciló por un momento, quizá esperando a que ella dijera algo, pero Michele se sentía demasiado anonadada e intrigada para hacerlo–. Era el rey de los cumplidos, ¿verdad? Y también el rey de las historias tristes. Pero yo descubrí finalmente que tanto las historias tristes como los cumplidos habían sido ideados para conseguir lo que quería, sin hacer un verdadero esfuerzo por su parte. Cuando se quejaba de lo pobre que era, y luego se deshacía en elogios con mi coche o mi ropa, era porque quería que se los prestase, o incluso que se los regalara. Cuando nos decía que todos éramos mucho más inteligentes que él, era porque quería que le hiciéramos todos los trabajos que le encargaban. Sí, admito que yo caí en la trampa durante algún tiempo... ¡pero no durante diez años enteros! De verdad que me encantaría saber cómo pudo hacer que fueras tan ciega a la realidad, que no vieras lo egoísta, ambicioso, mezquino que siempre fue con todo el mundo... ¿O es que eres masoquista por naturaleza? ¡Dímelo! Me encantaría saberlo.

Por un momento, Michele se sintió mareada, hasta que sus pensamientos derivaron inexorablemente a los elogios con que Kevin solía regalarle los oídos durante todo el tiempo, incluso cuando hacían el amor. La inundaba de halagos antes, durante y después, consiguiendo de esa manera que se esforzara en complacerlo en todo. Consternada, tomó conciencia de que su amor por Kevin había sido tan estúpido y unilateral como siempre había afirmado Tyler. Entonces, sí... quizá fuera masoquista. Porque, durante todos aquellos años, Kevin le había dado mucho más placer que dolor. En retrospectiva, había llegado a hacerse tan adicta a sus elogios, que siempre había estado dispuesta a pasar por alto todas las cosas horribles que había hecho. ¿Qué mujer se habría negado a escuchar cosas tales como que era maravillosa en la cama, o que era la mujer más hermosa, inteligente y comprensiva del mundo?

Cuando Kevin empezó a decirle aquellas cosas, Michele se había sentido completa, realizada como mujer. Él había llenado una espacio vacío en su alma femenina. Y cuando le repetía lo mismo durante sus escenas de reconciliación, ella siempre había ansiado creerlo, porque en realidad había querido volver a experimentar de nuevo aquella sensación de sentirse valorada y necesitada.

Era por eso por lo que siempre se las había arreglado para conseguir que volviera con ella, incluso cuando le dio por viajar y se pasaba meses y meses en el extranjero. Y luego, cuando adquirió un diferente tipo de afición... Había tolerado que viviera sus aventuras y después todavía le había permitido que volvieran juntos, porque había intentado convencerse a sí misma de que solo se había tratado de puro sexo. Y lo que habían compartido era más profundo que el sexo. Mucho más profundo.

Pero no habían compartido realmente nada, y ahora se daba cuenta de ello. Ella lo había dado todo y Kevin lo había tomado todo. El amor y el cariño habían sido solamente suyos. Más de una vez Tyler la había llamado estúpida por aguantar a Kevin, y siempre había tenido razón. Aun así, una cosa era saber algo y otra muy distinta asimilarlo, y actuar en consecuencia. Kevin había formado parte de su vida durante diez años, más de un tercio de su existencia. Le iba a costar muchísimo superarlo y luego seguir adelante.

Pero si iba a vivir consigo misma a partir de ese momento, si iba a recuperar su autoestima y a conservar algo de orgullo... ¡no tendría más remedio que hacerlo!

−¿Cuándo es la boda? −preguntó bruscamente.

Tyler pareció sorprendido; ¿acaso había esperado que desahogara su rabia con él?

−Muy pronto −respondió−. El primer sábado de mayo. Solo quedan tres semanas y media. ¿Por qué? Dios mío, Michele, ¡no esperarás que rompa su compromiso a última hora y vuelva contigo!

Aquella posibilidad no se le había pasado en ningún momento por la cabeza. Pero cuando pensó en ella, comprendió que Kevin jamás volvería. Y por primera vez desde que recibió aquella invitación de boda sintió que empezaba a ser otra vez dueña de sí misma. Era una buena sensación.

–¿Tu invitación se hacía extensiva a una pareja? –le preguntó a Tyler.

–Sí, creo que sí.

–¿Tienes alguna novia formal en este momento?

–Er... no exactamente formal.

–Oh, entiendo. En ese caso, la pregunta es irrelevante. Estoy segura de que no le importará que lleves a una vieja amiga a una boda.

Tyler la miró boquiabierto:

–¿Quieres que te lleve a la boda de Kevin?

–¿Lo harías?

–¿Pero por qué habrías de querer ir?

–Porque debo hacerlo.

–No entiendo esa decisión, Michele –declaró entristecido–. Realmente no lo entiendo.

–Mi madre murió de cáncer cuando yo tenía trece años. ¿Te conté alguna vez eso?

–No... no. No lo sabía. Quiero decir... sabía que había muerto, pero no cuándo ni cómo. ¿Pero qué tiene eso que ver con la boda de Kevin?

–Me preguntaron si quería ver su cuerpo antes del funeral para darle el último adiós. No se me había permitido visitarla durante su última semana de vida. Papá había dicho que no me reconocería a causa de la morfina. En cualquier caso, al final no fui a ver su cadáver. Me dije a mí misma que deseaba recordarla cuando estaba viva y sana, pero la verdad era que tenía miedo. Miedo de lo que podría ver. De la muerte. Todavía me arrepiento de ello. Yo... –se interrumpió, y antes de que pudiera darse cuenta de lo que sucedía, se sorprendió a sí misma llorando otra vez en los brazos de Tyler.

–Oh, Michele... oh, cariño... por favor, no llores . Y no pienses esas cosas. Solo eras una niña en aquel entonces. Creo que hiciste bien al no ir a verla. Es mucho mejor que la recuerdes tal como era, como tú misma has dicho.

–No, no, tú no lo comprendes –balbuceó Michele–. Eso habría dado realidad a su muerte. Durante años después me negaba a creerlo. Seguía pensando que debía de estar en alguna parte, viva. Transcurrió mucho tiempo antes de que pudiera aceptar su muerte. El hecho de que Kevin se case con otra mujer es como una muerte para mí. Necesito estar allí, verlo casarse, saber que es cierto, comprobar por mí misma qué tipo de hombre es. Luego, con el tiempo, seré capaz de seguir adelante con mi vida sin él.

Tyler no dijo nada durante un buen rato mientras le enjugaba delicadamente las lágrimas. Finalmente, cuando Michele logró recuperarse de nuevo, le sonrió.

–En ese caso, será un honor para mí acompañarte. Pero con dos condiciones.

–¿Cuáles?

–No respondas a Kevin asegurándole que vas a ir,

Michele abrió mucho los ojos al imaginarse la cara de su antiguo novio cuando la viera en la ceremonia, del brazo de Tyler.

–¿Y la segunda condición? –inquirió, descubriendo de repente por qué el deseo de venganza era una emoción tan poderosa.

–Ponte algo sexy para la ocasión... –respondió, con los ojos brillantes.

Capítulo 3

QUÉ te parece? –inquirió Michele mientras se giraba lentamente.

–¡Guau! –silbó de admiración Lucille–. ¿No estás contenta de haberme llevado de compras contigo? Estás impresionante con ese color. Incluso más ahora, peinada y maquillada.

Michele se miró de nuevo en el espejo del tocador, encantada con su aspecto. El sábado anterior, cuando Lucille sacó de la hilera de perchas de la boutique el vestido color azul eléctrico, Michele sacudió la cabeza diciendo que era demasiado llamativo. Nunca llevaba colores tan brillantes, pero su amiga insistió en que se lo probara. El resto era historia. Y allí estaba, vestida de la cabeza a los pies de azul eléctrico, preguntándose nerviosa qué diría Kevin cuando la viera.

Antes de Kevin, sin embargo, la vería Tyler. Era extraño, pero en realidad esperaba con mayor nerviosismo el juicio de Tyler que la reacción de Kevin. Algo sexy: eso era lo que le había pedido que se pusiera, Y lo que llevaba era desde luego muy sexy, a la par que elegante y mucho más femenino que cualquier otro atuendo que se hubiera puesto antes.

El vestido de satén, largo hasta los tobillos, conjuntaba con una casaca de manga larga, muy ajustada en la parte delantera.

–Tu amigo playboy se quedará de piedra cuando te vea –comentó Lucille, divertida–. Espero que sepas lo que estás haciendo al pedirle a un tipo como él que te acompañe a la boda de Kevin. Por mucho control que tengas sobre ti misma, estarás hecha un mar de lágrimas cuando todo eso termine. Te abrazará entonces con esos brazos de lobo que tiene, y antes de que te des cuenta, terminarás acostándote con él...

–Si conocieras a Tyler, te darías cuenta de lo ridícula que resulta esa previsión. Yo no le gusto. Solamente somos amigos.

–¡Ya! ¿Cómo puedes no gustarle a un hombre que tenga sangre en las venas, con el aspecto que vas a tener hoy? Créeme, cariño, vas a encandilar a todos y cada uno de los solteros que asistan a la recepción, para no hablar de los casados. Insisto: nuestro admirado señor Garrison se va a quedar mudo.

–Me creeré eso cuando lo vea.

–Oh, no lo verás. No te dará tiempo, porque se abalanzará sobre ti como una fiera.

–Tú no lo conoces. Y para tu información, ya lloré bastante con lo de Kevin. Y me dejé abrazar por esos brazos de lobo que tú dices... ¡dos veces!

–¡Vaya! Cuéntame. ¿Qué ocurrió?

–Nada. Me ofreció su pañuelo para que me sonase la nariz, me dijo unas cuantas palabras consoladoras y se marchó.

–Oh... –por un instante, Lucille casi pareció decepcionada–. De cualquier forma, y como te dije antes, toda precaución es poca por lo que respecta a los hombres. Sobre todo cuando puede terminar en sexo.

–Tyler ya tiene demasiado sexo. No necesita en absoluto seducir a una chica como yo.

–¿A qué hora tiene que pasar a recogerte Tyler?

¿No dijiste que la boda estaba programada para las cuatro? ¿Y que se celebrará en esa vieja iglesia de North Chatswood?

–Le dije que le esperaría abajo a las tres y media.

Tyler la había llamado muy a menudo para saber cómo estaba, y preguntarle si aún seguía con ganas de asistir a la boda: la última llamada la había recibido hacía tres noches. Para entonces, ya se había comprado el vestido y nada en el mundo le habría hecho cambiar de idea. No había sabido nada más de Kevin. Ni una palabra, ni siquiera cuando ella no respondió a su invitación. Michele aún no podía dar crédito al detestable comportamiento que había tenido Kevin. ¿Por qué le había enviado aquella invitación, cuando no quería saber nada más de ella? Solo podía pensar que estaba siendo deliberadamente cruel...

–Ya son las tres y cuarto. Revisémoslo todo. ¿Perfume?

–Ya me lo he puesto.

–¿Joyas?

–No. Nada de joyas –la melena le tapaba las orejas, por lo que no necesitaba pendientes, y no había sido capaz de encontrar un collar que le gustara.

–Tienes razón –asintió Lucille–. Ese vestido no necesita adornos. Y ahora el bolso. Mete dentro llaves, perfume, lápiz de labios, pañuelos, preservativos...

Michele elevó los ojos al cielo cuando escuchó aquello.

–De acuerdo –Lucille se encogió de hombros–, no soy precisamente muy optimista por lo que respecta al sexo opuesto.

Michele llenó su bolso de noche con aquellos artículos esenciales... excepto los preservativos.

–Comparto tu opinión sobre los hombres –comentó con cierta tristeza mientras cerraba el bolso–, pero ahora estamos hablando de mí. Y nunca me ha gustado el sexo fácil.

–Siempre hay una primera vez para todo. Y precisamente hoy el tipo del que estás enamorada se va a casar con otra mujer, ¿no? –al ver que se tensaba visiblemente, la miró asustada–. Oh., Dios mío, lo siento Michele. No sé cómo he podido decir eso cuando estás demostrando tanta valentía. ¡Ojalá me tragara la tierra en este mismo momento!

–No, no, estoy bien –la tranquilizó Michele, consciente de que aquel comentario no la había afectado tanto como lo habría hecho un mes atrás. Durante las semanas transcurridas desde que recibió la invitación de boda, había estado reflexionando mucho. Y había llegado a la conclusión de que Kevin se había convertido para ella en un malsano hábito al que había sido incapaz de renunciar durante años. El amor era un insidioso medio para volver a una persona ciega a la verdad. Había sido lo suficientemente débil como para volver una y otra vez con Kevin. Débil y sin personalidad.

Pero en ningún otro aspecto de la vida era una persona débil y sin personalidad. Jamás había enterrado la cabeza en la arena por nada ni por nadie, excepto con Kevin. Se preguntó qué creería él que estaría haciendo aquel día... ¡si acaso se le ocurría pensar en algún momento en ella! ¿Se la imaginaría llorando por los rincones de la casa? Si ese era el caso, ¡iba a llevarse el gran chasco de su vida! Porque se presentaría en la ceremonia, demostrándole que podía sobrevivir perfectamente sin él y que ya era la dueña absoluta de su persona...

Michele era consciente de que el hecho de presentarse allí con Tyler iba a satisfacer aquel propósito. Si Kevin pensaba que estaba saliendo con él, entonces mejor que mejor. Eso era algo que no iba a gustarle nada... Y quizá podría proponerle incluso a Tyler que le dejara pensar que...

–¿Michele? –inquirió Lucille–. Di algo. Te has quedado de repente callada, con una expresión tan extraña que...

–Estoy bien –sonrió, intentando tranquilizarla.

–¿Seguro? –no parecía muy convencida.

–Sí. Ahora ya tengo los ojos bien abiertos. Kevin no se merecía una mujer como yo. Me alegro de que no sigamos juntos.

–Yo también podía haberte dicho eso, si me lo hubieras preguntado.

–Dímelo ahora.

–¡Él no te merecía, y menos mal que te has librado de él!

–Gracias –Michele sonrió–. Y ahora será mejor que me vaya. Para ser un playboy, Tyler es muy puntual.

Lucy la acompañó al vestíbulo del edificio, donde se sentaron a esperar. Pero a las tres y media Tyler seguía sin aparecer. A las cuatro menos veinte Michele ya estaba considerando la posibilidad de volver a subir y llamarlo al móvil cuando un lujoso coche verde se detuvo frente a la casa. Con Tyler al volante.

–¡No me puedo creer que se haya comprado un coche nuevo! –exclamó, exasperada.

–¿A quién le importa el coche? –replicó Lucille–. ¡Menudo bombón de hombre! ¿Has visto en toda tu vida algo más bonito?

Michele pudo entender la lasciva admiración de

Lucille... cuando vio a Tyler vestido de esmoquin. En cierta forma, la reacción de su amiga le servía de consuelo, ya que explicaba por qué el corazón le latía tan aceleradamente.

—Si me gustaran los rubios, me las arreglaría para agenciarme una invitación –musitó Lucille mientras Tyler se acercaba a la entrada–. Pero, para ser sincera, prefiero los morenos. De todas formas, espero que me hayas hecho caso y te hayas guardado un par de preservativos en el bolso. Chica, si aún no te has curado de lo de Kevin, ahí tienes la medicina perfecta.

—¿Qué? –Michele miró asombrada a su amiga.

—Vamos, Michele, podrías darte un buen revolcón con él si se lo propones...

—¡Lucille! ¡Pero si hace unos minutos, en el apartamento, me estabas diciendo que guardara las distancias con Tyler! ¡Y ahora me dices que le haga una proposición! ¿Es que te has vuelto loca!

—En cierto sentido, podría decirse que sí. Ha sido una alocada sugerencia. No eres del tipo de chicas que se manejarían bien en una situación semejante. Olvida lo que te he dicho. Y ahora me voy, que no quiero quitarte protagonismo. ¡Adiós!

Lucille se dirigió hacia las escaleras, dejando a Michele sola y dedicada a recuperar la compostura después de haber escuchado sus sugerencias. Pero mientras se disponía a salir a la calle, lo único que podía hacer era mirar fijamente a Tyler avanzando hacia ella, y preguntarse por su reacción en el caso hipotéticamente imposible de que le pidiera que se acostaran juntos. Después de admirar lo bien que le sentaba el traje, se concentró en su rostro de rasgos clásicos, con aquellos ojos azules de mirada penetrante y aquella boca tan sensual, de labios llenos. El pensamiento de sentir aquella boca sobre la suya, o en otras partes más íntimas de su cuerpo, la dejó sobrecogida de placer.

–¡Dios mío! ¡Michele! –tomándole ambas manos, la contempló admirado–. ¿Qué puedo decir? –exclamó, sonriente–. ¡Estás como para comerte!

No era una frase muy afortunada teniendo en cuenta lo que Michele había estado pensando poco antes. De manera instantánea, su mente comenzó a imaginar justamente eso, una actividad con la que había soñado alguna vez sin llegar a experimentar nunca.

–Te sienta tan maravillosamente bien ese color... –añadió Tyler.

–Gracias...

–Será mejor que nos demos prisa, o nos perderemos el gran acontecimiento. Lamento haberme retrasado. Tenía que recoger mi coche nuevo. Er... cuidado con esos escalones; puedes caerte con esos tacones tan altos que llevas. No me gustaría que te cayeras de narices antes de que el novio vea el cambio que acaba de experimentar su ex.

Aquellas palabras, aunque pronunciadas en un tono divertido, la sacaron de sus fantasías para devolverla a la fría y cruda realidad. Por muy espectacular que fuera su aspecto, los sentimientos de Tyler hacia ella no habían cambiado. Nunca le había gustado y no iba a empezar a gustarle ahora.

–Son la última moda –repuso Michele.

–Quizá. Pero son decididamente inestables para bailar. Esta noche necesitarás una experta pareja de baile que te sujete bien. Lo cual significa que no bailarás con nadie más que conmigo. Oh, eso me recuerda... Pensé que podríamos hacer creer Kevin que estamos... liados. Darle a probar un poco de su propia medicina.

—¿Sabes una cosa? —Michele la miraba estupefacta—. ¡Yo iba a proponerte precisamente que fingiéramos que estamos saliendo juntos!

—¿De verdad? Bueno, las grandes cabezas piensan siempre de manera similar, ¿no?

—¿Entonces no te importa?

—¿Importarme? ¿Por qué habría de importarme?

—¿Y qué pasa con tu amiga?

—¿Qué amiga?

—La que tú... oh, ya entiendo... —Michele suspiró—. Eso fue hace más de tres semanas. Toda una eternidad para tu vida amorosa. Así que ha ido a reunirse con las demás, ¿no? Ha seguido la misma suerte que tu deportivo.

Tyler se encogió de hombros antes de abrirle la puerta.

—Le di un magnífico regalo de despedida —explicó mientras la ayudaba a subir—. Créeme, no he destrozado su corazón.

—Tyler, eres un tipo detestable en lo que se refiere a las mujeres.

—Hasta ahora lo era, pero estoy cambiando.

—Lo creeré cuando lo vea —repuso mientras se abrochaba el cinturón de seguridad.

—Eso espero —pronunció, todavía sosteniendo la puerta abierta.

—¡Pues yo no esperaría sentada!

Como Tyler no replicó nada más, Michele levantó la vista y descubrió que la estaba mirando con una extraña expresión, como si estuviera levemente inquieto. Pero luego volvió a esbozar su sonrisa de costumbre, cerró la puerta y se sentó al volante.

–Ya veo que tendré que reformar el concepto que tienes de mí –le advirtió con burlona seriedad–. Y demostrarte lo maravillosamente cariñoso, profundamente sincero e increíblemente sensible que soy.

A pesar de los esfuerzos que hizo por contenerse, Michele estalló en carcajadas.

–¡Oh, Tyler! ¡De verdad, eres genial!

Todavía seguía riéndose cuando él encendió el motor y partieron hacia la ceremonia.

Capítulo 4

LA RISA de Michele hacía largo tiempo que había muerto cuando llegaron a la iglesia: la había sustituido un nudo de nervios que se le concentraba en el estómago. Al parecer la novia se estaba retrasando, pero todos los invitados ya habían llegado. Aferrada al brazo de Tyler, buscó con la mirada un banco en el que pudieran sentarse. Todas las mujeres volvieron la cabeza para mirar a Tyler cuando pasó a su lado, como era de esperar. Y Michele tuvo que soportar groseras miradas de varios tipos con aspecto de yuppies a los que no conocía. Pensó que probablemente se tratarían de amigos y conocidos de la novia. Kevin no tenía ningún pariente cercano a quien invitar.

La madre de Kevin había fallecido dos años atrás, pero aun si hubiera estado viva, seguramente su hijo no la habría invitado. Aquella maligna criatura, que lo había dado a luz fuera del matrimonio, siempre se había encargado de recordarle su origen ilegítimo, según él. Kevin aún no estaba esperando a la novia delante del altar. Ahora que ya estaba allí, Michele se arrepentía de haber acudido... Pero ya era demasiado tarde.

El órgano comenzó a sonar y el sacerdote salió de la sacristía, seguido de Kevin y de otros dos hombres más, todos vestidos de negro. Michele miró fijamente al hombre al que había amado durante todos aquellos años y se esforzó por verlo objetivamente aunque solo fuera por una vez, sin dejarse engañar por antiguos anhelos y necesidades.

Incluso en aquel momento, mientras lo contemplaba con lo que esperaba fuera una mirada absolutamente pragmática, se debatía presa de conflictivos sentimientos. Su mente lo condenaba, pero su corazón todavía se contraía ante el pensamiento de que le estaba dando la espalda al verdadero amor por pura avidez de dinero. No amaba realmente a Danni. Estaba segura de ello. Oh, Kevin...

Quizá Kevin percibiera su mirada, porque en cierto momento desvió la vista y la descubrió. Sus ojos se abrieron al verla, y más aún cuando se dio cuenta de que iba del brazo de Tyler. Michele no experimentó contento alguno ante su asombrada reacción. Ninguna sensación de triunfo. Nada excepto una abrumadora oleada de tristeza. La gente decía que el sabor de la venganza era agridulce, pero en su caso era más bien amarga.

El órgano entonó los primeros acordes de la marcha nupcial, haciendo que Kevin desviara de nuevo la mirada hacia el altar: la preciosa novia se dirigía hacia él, envuelta en un halo de sedas y gasas blancas. Inmediatamente esbozó una de aquellas sonrisas que, antaño, habían conseguido derretir el corazón de Michele.

Inconscientemente, clavó los dedos en el brazo de Tyler al ver la sonrisa que le devolvió la novia, y pensar que Kevin jamás volvería a sonreírle a ella de esa forma. ¿Cómo iba a soportar escuchar a Kevin mientras le juraba amor eterno a otra mujer, o ver cómo besaba a su nueva esposa al final de la ceremonia?

–Si quieres, podemos marcharnos –le susurró Tyler.

Michele se sintió tentada. Pero, por lo que se refería a Kevin, ya se había comportado como una cobarde durante demasiado tiempo.

–No. Me quedo.

Y se quedó. Extrañamente, conforme fueron pasando los minutos, se fue sintiendo mejor, quizá porque cayó en un estado de parálisis, carente de toda emoción. Ni siquiera pestañeó cuando Kevin besó a la novia. Para cuando terminó la ceremonia y los invitados salieron para felicitar a la pareja en el exterior de la iglesia, Michele estaba absolutamente petrificada.

–Hora de irse –murmuró Tyler.

–Oh... –la máscara sonriente que se había puesto en la cara hasta ese momento desapareció de pronto, e intentó levantarse del banco a pesar del entumecimiento de sus piernas. El firme brazo de Tyler le proporcionó un apoyo necesario, y levantó hacia él unos ojos brillantes por las lágrimas–. Gracias –pronunció con voz ahogada–. Nunca olvidaré esto, lo amable que has sido conmigo. Eres un buen amigo, Tyler.

Él no dijo nada, sino que se limitó a esbozar una leve sonrisa y le dio una palmadita en el brazo. Un sol medio oculto por las nubes los recibió en el exterior, y Michele se sintió agradecida de que la pareja estuviera ocupada dejándose fotografiar en la pradera contigua a la iglesia.

–¿Qué hay de la recepción? –inquirió Tyler mientras la ayudaba a bajar los escalones de piedra–. ¿Sigues decidida a soportarla también?

–Sí.

–Bien. Quiero volver a ver la cara de asombro de ese canalla.

Michele se detuvo al pie de los escalones, mirándolo extrañada.

–Parece como si odiaras a Kevin.

–Y lo odio –afirmó con una frialdad y una dureza en la mirada que ella jamás antes había visto.

–¿Pero por qué? ¿Qué es lo que te ha hecho a ti?

–Es un manipulador. Y no me gustan los manipuladores.

–Hola, Tyler.

Aquella voz femenina surgió detrás de Michele, que tuvo que volverse para mirar. Con el corazón encogido reconoció a la hermana de Tyler, Cleo, que lucía un vestido gris plata que debía de valer una fortuna. Era como una versión femenina de su hermano, algunos años más joven. Estaba soltera. Michele la había visto en algunas de las fiestas que había celebrado Tyler, y siempre se había llevado la impresión de que no le caía bien, aunque no estaba del todo segura.

–Hola, hermanita. Me sorprende verte aquí. No me imaginé que Kevin te hubiera invitado.

–Vengo invitada por la novia –le explicó ella–. Danni y yo fuimos juntas a la universidad –añadió antes de posar en la acompañante de su hermano sus ojos azules como el hielo–. Hola, Michele. Creo que yo soy la más sorprendida de verte aquí. ¿La has traído tú, Tyler?

Michele se enfadó al detectar el tono desaprobador de las palabras de Cleo. Y Tyler también, si la súbita tensión de su mano en su codo significó algo.

–¿Hay alguna razón por la que no debiera haberlo hecho? –replicó él con tono cortante.

–Dudo que Danni se alegre de ver a la ex de Kevin en su boda.

–No seas ridícula –le espetó Tyler–. Michele recibió una invitación... ella rompió con Kevin hace unos meses.

El rostro de Cleo seguía reflejando desaprobación cuando el novio se unió al trío, colocándose entre Michele y Tyler y agarrándolos a los dos del brazo.

–¡He aquí a mis dos mejores amigos, contemplando juntos cómo me ponen el lazo al cuello! –exclamó Kevin con tono desenfadado–. Ya creía que te habías olvidado de mí, Michele. Mira que no contestar a mi invitación... No sabía que fueras a venir con Tyler. Pero te perdonaré, ya que hoy estás absolutamente radiante. Y en cuanto a ti, Tyler... no sé si perdonarte por no haber asistido a mi despedida de soltero de la otra noche. Te perdiste algo estupendo, amigo. Espero que lo que estuvieras haciendo mereciera la pena... ¿O debería decir que espero que ella mereciera la pena? –inquirió, riendo.

Aquello era completamente nuevo para Michele. Tyler no le había dicho que Kevin lo había invitado a su despedida de soltero.

–Desde luego que sí –respondió Tyler con tono suave– porque esa misma noche estaba cenando y bailando con Michele.

Y se volvió hacia su pareja con aquella sonrisa tan sexy que tanto la afectaba... hasta que Michele tuvo que recordarse que habían convenido en fingir que salían juntos. La divertida expresión de Kevin desapareció como por ensalmo mientras Cleo miraba a uno y a otra, estupefacta.

–¿Quieres decir que Michele y tú estáis saliendo juntos? –quiso saber Cleo.

–Sí. ¿Por qué? –inquirió Tyler con tono tranquilo–. ¿Tienes algún problema con eso?

Michele pudo advertir que Cleo se contenía para no decir alguna inconveniencia en público.

–No –respondió, tensa–. Claro que no. Me ha sorprendido, eso es todo. No me lo habías dicho antes,

–Es algo relativamente reciente. ¿No es verdad, Michele?

–Er... sí –confirmó, esforzándose por no parecer culpable. Pero nunca había sido una buena actriz. Tyler, sin embargo, se estaba mostrando muy convincente.

–Y eso es algo que tengo que agradecerte a ti, Kevin –añadió él–. Si no hubieras roto con Michele, ella no se habría relacionado conmigo y yo no habría descubierto lo maravillosa que es. Durante todos estos años pensé que la conocía, pero no. Para nada. Ser amigo no es lo mismo que mantener una relación más profunda. Y creo que ella podría decir lo mismo de mí –se dirigió a Michele–. Ahora que ya me conoces, cariño, ya no te saco de tus casillas como solía hacerlo antes, ¿verdad?

Michele hizo todo lo posible por seguirle la corriente. Tyler podía llegar a ser muy perverso, cuando quería serlo. Llamarla «cariño» e insinuar que habían mantenido una relación íntima... ¡Vaya idea! Quizá la venganza sí pudiera resultar algo dulce, después de todo...

–Solo a veces –murmuró.

–¿Lo ves? Antes lograba que se enfadara constantemente. Ah, Kev, amigo, me parece que tu novia te está buscando. Vamos, chico. Asume tus deberes de hombre casado. ¡Se acabaron las orgías y las sesiones de alcohol hasta altas horas de la noche!

Una vez que el amargado Kevin se reunió con su novia, solo quedó Cleo con ellos. Tyler le sonrió a su hermana mientras deslizaba posesivamente un brazo por la cintura de Michele, atrayéndola hacia sí.

–¿Lo ves, hermanita? Todo marcha estupendamente. No hay ningún problema.

–Todavía es temprano para decirlo, hermanito –pronunció Cleo, forzando una sonrisa–. Demasiado temprano. Bueno, supongo que volveremos a vernos, Michele. Hasta luego.

Y se marchó. Su súbita partida molestó a Michele.

–¿Qué ha querido decir con eso? –le preguntó a Tyler.

–Nada. Es típico de ella. Se cree que lo sabe todo. Pero no es verdad.

–Y yo tampoco, evidentemente. Estoy muy confundida.

–Cleo se ha creído lo que le hemos dicho, que estamos saliendo juntos. Y ha dado por supuesto que te invitaré a cenar a casa de mis padres y todas esas cosas.

–¿Y qué vas a decirle cuando eso no suceda?

–Lo decidiré cuando llegue el momento.

–Esa es toda tu filosofía de la vida, ¿verdad? Vives cada día como se te presenta. No te preocupas por nada.

–Yo no diría exactamente eso. Pero preocuparse no cambia ni soluciona las cosas; es la acción constructiva lo que lo hace. Bueno, ¿te sientes ahora mejor que cuando estabas en la iglesia?

–La verdad es que... sí –respondió, sorprendida al descubrir que le había desaparecido la depresión.

–¿Estás lista para enfrentarte a la recepción?

–Lo estaré después de haberme bebido unos cuantos cócteles.

—Emborracharse no sirve de nada.

—Quizá no, pero hace que las cosas se vean de otra manera.

—Espero no tener que llevarte a tu casa en brazos.

—Aceptaste traerme aquí hoy, ¿no? —le recordó ella—. Y fue idea tuya lo de fingir que salíamos juntos. Tendrás que sufrir las consecuencias.

—¿Y las consecuencias podrían ser una Michele borracha como una cuba a quien tendré que desnudar y acostar al término de la velada? —un brillo de malicia apareció en sus ojos azules—. Mmmm. ¡Qué pensamiento tan horrible!

Michele sabía que solo se estaba burlando, pero aun así se ruborizó. Lucille tendría que rendirle cuentas... ¡por las escandalosas ideas que le había metido en la cabeza!

—Deja de decir tonterías y salgamos de aquí —se apresuró a decirle, antes de que advirtiera su rubor.

—Sí, *madame*. ¿Directos a la recepción, *madame*? ¿Qué ruta debo seguir, *madame*?

Michele apretó los labios, mirándolo exasperada:

—Por la manera en que a veces te comportas, cualquiera pensaría que soy una mandona.

—Es que eres una mandona. Y una maniática del control. Para no hablar de tu ambición y de tu sentido competitivo.

—¡Oh, vaya! —exclamó, cruzándose de brazos y asesinándolo con la mirada—. Siga usted, doctor Freud. ¿Tengo alguna cualidad que me redima?

—Absolutamente no. Al menos según los estándares modernos. A la gente de hoy no le gustan virtudes tales como la sinceridad o la lealtad. Desprecian a las personas que trabajan duro. No tienen tiempo para la puntualidad, ni para las cosas bien hechas. No, Michele... desde este punto de vista, no creo que tengas ninguna cualidad que te redima.

—No sé muy bien cómo tomarme eso —sacudió la cabeza—. ¿Te está burlando o se trata de un cumplido?

—Te estoy diciendo la verdad... —esbozó una irónica y misteriosa sonrisa—... si es que deseas oírla.

—¿Y qué quiere decir eso?

—Quiere decir que ya es hora de que, como pareja tuya en esta velada, te lleve a la recepción, consiga que te emborraches y termine llevándote en brazos a tu casa... y acostándote.

Michele sintió que el corazón se le subía a la garganta. Tyler se estaba burlando de ella. Otra vez. Si ese era el caso... ¡los dos jugarían al mismo juego!

—Buena idea —susurró con tono seductor—. Adelante entonces, querido Tyler.

Capítulo 5

LA RECEPCIÓN tenía lugar en una antigua y lujosa mansión de Mosman, restaurada una década antes con vistas a ser utilizada para ese tipo de celebraciones. Era un edificio de dos pisos con anchas terrazas, amplias extensiones de césped frente a la fachada y un aparcamiento para unos cien coches en la parte trasera.

–No sé si llevarme el bolso o no –dijo Michele cuando se disponían a bajar del coche–. ¿Tú qué crees?

–Déjatelo. Si necesitas un peine, te dejaré el mío.

–Bien.

A juzgar por la cantidad de vehículos que llenaba el aparcamiento, la mayoría de los invitados ya había llegado. Durante el trayecto, Tyler había conducido bastante más lento de lo que era habitual en él, y Michele había llegado a sospechar que no tenía más ganas que ella de asistir a la recepción. Tenía como un aire de reacia resignación cuando le ofreció su brazo para dirigirse a la puerta principal del edificio.

Entraron en el vestíbulo, donde un asistente de librea los condujo a una gran escalera curva. Mientras subían, Michele se fijó en una estrecha mesa junto a la pared, a su izquierda, sobre la que estaban apilados los regalos de boda. Y sintió remordimientos de conciencia por no haber comprado nada.

–No te preocupes –murmuró Tyler–. Le dije a mi secretaria que les comprara algo apropiadamente caro. Ayer fue entregado en la casa de la novia. Así que no tienes por qué sentirte culpable.

Michele se detuvo en seco, mirándolo asombrada.

–¿Cómo sabías lo que estaba pensando?

–Siempre sé lo que estás pensando. Tus ojos tienen el deprimente hábito de mostrarse incapaces de ocultar la verdad. ¿Cómo te crees que sabía que antes estabas casi siempre enfadada conmigo? Francamente, Michele, si quieres seguir adelante con tu carrera de publicista, tendrás que desarrollar la habilidad de disimular un poco más.

–¿Quieres decir que tengo que aprender a mentir?

–No exactamente. Pero un poco de inofensivo fingimiento no te vendría mal. La vida puede llegar a ser muy cruel con aquellos que son demasiado sinceros y llevan el corazón a flor de pecho...

–Te refieres a la relación que tenía con Kevin.

–Sí. Dado que has venido aquí hoy a terminar con ese hombre de una vez para siempre, será mejor que él se lo crea. Michele, o puede que vuelva a llamar algún día a tu puerta, tanto si sigue casado como si no.

–¡Será mejor que no lo haga!

–¿Y si te suplica, te cuenta que su esposa no lo comprende, que eres tú a quien ama realmente y que todavía te quiere? ¿Qué harías entonces?

–Yo... yo...

–Me encantan las chicas que se conocen a sí mismas.

Su tono de cansado cinismo causó su enojo.

–Está muy bien condenar a la gente cuando no te importa nadie. ¡Tú no puedes saber lo que se siente al amar a alguien como yo he amado a Kevin!

–Creo que puedo imaginármelo.

–No, no puedes. Simplemente no tienes ni idea. Pero, para responder a tu pregunta, no quiero saber nada más de Kevin. Ahora pertenece a otra mujer y yo... ¡yo no pertenezco a nadie más que a mí misma! –exclamó, levantando la barbilla–. Sé que me he comportado como una estúpida en mi relación con él. Pero ya no tienes que decírmelo más. No volveré a dejarme engañar. Puedo prometértelo.

Tyler la miró fijamente durante lo que a ella le pareció una eternidad, hasta que al fin se inclinó para darle un leve y exquisitamente tierno beso en los labios.

–¿Y esto por qué? –le preguntó ella, con el corazón bailando de alegría.

–Solo por ser tú –se encogió de hombros–. Por ser quien eres.

Aquello la había conmovido, y a la vez la había dejado confundida. Porque de repente ansiaba que Tyler la besara de nuevo, pero no con tanta ternura, sino con pasión. Quería que sus labios le demostraran que era una mujer hermosa y sexy, expresándole su deseo por ella, aunque solo fuera momentáneamente. ¡Debía de estar volviéndose loca!

Cuando de pronto Tyler deslizó una mano por su cintura y la atrajo hacia sí, Michele se quedó tan sorprendida que no hizo más que mirarlo estupefacta, sin reaccionar. ¿Acaso le había leído el pensamiento?, se preguntó aturdida. No era posible que fuera a besarla... Pero en el momento en que con la otra mano le apartó del rostro la melena y la tomó de la nuca, sintió que se tensaba cada fibra de su ser. ¡Realmente iba a besarla!

–Kevin y su esposa acaban de entrar por la puerta

principal –susurró mientras su boca se acercaba peligrosamente a la de Michele–. Que nos vea besándonos es lo mejor que se me ocurre para convencerlo de que has renunciado finalmente a él. Bésame, cariño.

Por un instante Michele se sintió desgarrada entre la furia y la consternación. Debía de haber supuesto que aquello formaba parte de la charada. Pero cuando los labios de Tyler se fundieron con los suyos, se desvaneció de su mente cualquier pensamiento de autocompasión. La besaba con la sed y la avidez de un hombre que hubiera pasado un año en un desierto y se encontrara con un oasis fresco y dulce. Michele habría jadeado de haber podido hacerlo. Pero la lengua de Tyler exploraba sensualmente el interior de su boca y, en lugar de ello, un gemido de abandono surgió de su garganta.

Intentó decirse que la aparente pasión de Tyler solo era fingida, pero cuando sintió sus dedos moviéndose seductoramente por la sensible piel de su nuca, comenzó a devolverle el beso con parecido ardor. Y cuando él la atrajo aun más hacia sí, con la mano que mantenía apoyada en la espalda, ya no pudo resistirse a la sensación de su duro cuerpo amoldándose al suyo. Ni siquiera le importó que los botones de su casaca se le clavaran dolorosamente en los senos, ni que la hebilla de su cinturón...

Se estremeció de asombro al darse cuenta de que no era la hebilla de su cinturón lo que estaba presionando contra su vientre. Y bruscamente Tyler puso un sonoro fin a aquel beso.

–¿Lo ves, cariño? –susurró Danni, cerca de ellos–. No necesitas seguir preocupándote de Michele. Parece que se ha recuperado muy bien de su desengaño amoroso.

Aturdida, Michele levantó la mirada y descubrió a Kevin, que a su vez la contemplaba con expresión incrédula.

—Creo que tienes razón, Danni —repuso Tyler con tono suave—. O eso o es mejor actriz que la propia Bette Davis.

—Michele es incapaz de fingir —terció Kevin.

—¿De verdad? —musitó Tyler—. Es un consuelo saberlo.

—Vamos, Danni —pronunció Kevin, tenso, tomando del brazo a su esposa—. El fotógrafo quiere sacarnos unas instantáneas en la terraza. Hasta luego, tortolitos —se despidió, forzando una sonrisa.

—¿Tiene razón? —le preguntó Tyler a Michele tan pronto como los otros se hubieron marchado.

Michele apenas podía mirarlo, avergonzada por la manera en que le había devuelto el beso.

—¿Sobre... qué?

—Sobre tu capacidad de actuación.

¿Qué era lo que quería decirle? Se sintió todavía más confundida cuando Tyler continuó mirándola fijamente con una expresión que hablaba de su propio asombro. ¿Era el hecho de que ella lo hubiera besado de esa forma lo que más le sorprendía? ¿O su propia e imprevista excitación? Se quedó consternada al pensar que probablemente se trataba de lo último. Consternada y resentida.

—Tú mismo me dijiste que te besara —le espetó—. Y también que aprendiera a disimular. ¡Así que lo he hecho! Y deja de hacer estúpidas preguntas. Yo no tengo la culpa de que seas un maníaco sexual que se excite con nada.

—Yo no utilizaría esa palabra para describir lo que acabas de hacerme —replicó secamente—. Sabes besar,

Michele. Si esa es una muestra de tus habilidades en el dormitorio, entonces estoy empezando a comprender por qué el bueno de Kevin volvía siempre contigo.

—Si soy tan buena como supones en la cama, ¿por qué crees que me abandonó?

—¿Todavía no te has dado cuenta?

—¡Pues no, Señor Sabelotodo!

—Dejando a un lado la cuestión del dinero, porque simplemente no podía competir.

—¿Competir con quién?

—Contigo, querida. Y ahora, subamos arriba para seguir asesinando esta relación unilateral tuya de una vez por todas. Estoy empezando a aburrirme de esto.

—Yo también —musitó, retirando la mano cuando él intentó tomársela de nuevo—. ¿Por qué diablos te empeñas en ayudarme todo el rato? Soy perfectamente capaz de subir sola las escaleras, muchas gracias. ¡Seré idiota, pero no inválida!

—Has sido tú misma quien lo ha dicho, y no yo.

—No tienes ninguna necesidad. Llevas años llamándomelo. Así que descansa ya, Tyler. Al fin admito que tienes razón. ¿Te sientes mejor ahora?

—Mucho —respondió, sonriendo.

Michele no quería corresponder a su sonrisa, pero lo hizo de todas formas. Aquel hombre era una amenaza, con todo el encanto que poseía. No le sorprendía que las mujeres se volvieran locas por él. Dios mío, si ella misma había sucumbido con asombrosa rapidez, seducida por un beso fingido... Aunque no había habido fingimiento alguno en aquello que había sentido presionando contra su vientre...

Pero tuvo que recordarse que aquello no quería decir nada. Los hombres se excitaban con facilidad.

Ni siquiera era un indicio de que a Tyler le gustara mínimamente.

Y en cuanto a ella... bueno, aquella noche se sentía especialmente vulnerable, como le había señalado Lucille, convaleciente de un grave caso de rechazo amoroso. Por un momento, se había visto desbordada por su propia necesidad: la necesidad de sentirse deseada y querida. No había por qué concederle a aquello demasiada importancia. Tyler, desde luego, no iba a hacerlo.

—Quizá necesite ayuda después de todo —le dijo una vez recuperado el sentido común mientras se levantaba el borde del vestido con la mano derecha y con la otra se agarraba a su brazo—. Subir estas escaleras con esta falda tan larga y estrecha, y estos zapatos, me va a costar bastante.

—Será un placer ayudarla, *madame*.

—Oh, no seas tan empalagoso. No te sienta bien.

Cuando Tyler se echó a reír, Michele se relajó finalmente y rio con él. La escalera conducía a un ancho corredor, cuyo final se abría a la terraza delantera. Guiados por el rumor de las voces y el tintineo de las copas, atravesaron el pasillo y entraron en un enorme salón lleno de invitados. Michele no creía haber visto nunca a tanta gente acaudalada concentrada en un solo lugar.

—Pégate a mí —le advirtió Tyler cuando varios pares de ojos masculinos se fijaron inmediatamente en ella—. A no ser, por supuesto, que quieras pasarte toda la velada espantando moscones.

Aunque Michele rio entre dientes, no tardó en darse cuenta de lo que quería decir. Durante la siguiente hora un sorprendente número de potenciales seductores se les acercó con cualquier pretexto, sirviéndose de variados trucos para separarla de Tyler y llevársela a algún rincón... Y las mujeres no fueron menos sutiles con él, ya que mostraban una absoluta desvergüenza con sus más que evidentes intenciones.

Michele se aferraba con fuerza a su brazo, temerosa de separarse de Tyler incluso para ir al baño, aunque después de tomar varios cócteles de champán ya tenía bastantes ganas. Finalmente se disculpó y fue hacia allí, aceptando resignada que en el momento en que lo dejara solo, una bandada de vampiresas se abalanzaría sobre él. Pero cuando minutos después volvió a entrar en el salón, vio que seguía en el mismo sitio donde lo había dejado, y acompañado de una sola mujer: su hermana Cleo.

Que estaban discutiendo acaloradamente resultaba obvio. Y Cleo parecía muy enfadada. No obstante, cuando se acercó, la joven se escabulló de inmediato para ponerse a hablar con el hombre que la había acompañado a la fiesta.

—Estabais discutiendo por mí, ¿verdad? A tu hermana no le gusta la idea de que salgamos juntos.

—Algo así —reconoció Tyler, tensando la mandíbula.

—Nunca le he caído bien, y no sé por qué. Quizá deberías decirle, Tyler, que no estamos saliendo de verdad, que todo es una farsa.

—No tengo intención alguna de explicarle mis acciones a Cleo —replicó, claramente disgustado—. ¡Lo que haga yo contigo no es asunto suyo!

—Pero, Tyler, es tu hermana y te quiere. Puedo darme cuenta de ello, a pesar de que yo no pueda hablar mucho de hermanos que se quieran y se respeten.

—¿Es que no quieres a tus hermanos?

Michele suspiró. Tenía dos hermanos mayores que todavía vivían en la casa familiar, con su padre viudo. Eran un poco como los Tres Mosqueteros, machistas, muy bruscos, con unas vidas embrutecidas por el trabajo. Por lo demás, no se conformaban más que con su fútbol, su cerveza y el sexo ocasional. Sexo era lo único que necesitaban de las mujeres, así que la presencia de Michele en sus vidas resultaba superflua. Estaba segura de que su padre solo se había casado con su madre porque se había quedado embarazada de Bill, el primogénito. Durante los años que pasaron juntos, jamás había sido testigo de la menor demostración de afecto hacia su madre. Ni una sola palabra cariñosa. Tan pronto como murió su madre fue como si nunca hubiera existido, y su padre volvió en seguida a su antiguo estilo de vida. Ante la pregunta de Tyler, se encogió de hombros. No tenía ganas de hablar de su familia.

—Digamos que no me dan muchos motivos para que los quiera. Simplemente, no tienen mucho interés en saber cómo soy.

—¿Pero por qué no?

—Es una larga historia, Tyler. Ya te lo contaré en otra ocasión.

—Te tomo la palabra —repuso con un tono tan firme que Michele le lanzó una sorprendida mirada.

Pero, en el fondo, la complacía aquella curiosidad de Tyler. Kevin nunca había querido saber nada de su familia. La familia era algo que nunca había significado nada para él... todo lo contrario que para Michele. El problema era que sus sentimientos sobre ese aspecto nunca habían sido recíprocos.

Quizá fuera ese el motivo por el que se había aferrado a Kevin durante tanto tiempo: porque había sido como un sustituto de su familia. Y quizá por ello se había mostrado tan vulnerable a sus halagos y cumplidos: porque jamás había recibido ninguno de sus padre o de sus hermanos.

—Realmente eres una persona compleja, ¿verdad? —comentó Tyler, pensativo.

—¿Al contrario que tú, quieres decir? —Michele esbozó una sonrisa irónica.

—Soy más complejo de lo que parezco. Pero esa es una historia todavía más larga —repuso, sonriendo a su vez.

—Háblame de ello.

—Puede que lo haga en alguna ocasión. Pero por ahora creo que es hora de que busquemos asiento para la cena. Si no me equivoco, el banquete va a empezar.

Michele no pudo dar crédito a su mala fortuna cuando vio que, según sus tarjetas, les había tocado la misma mesa que a la hermana de Tyler, y al lado de uno de los tipos que había estado intentando flirtear con ella poco antes. El siguiente par de horas no fue nada cómodo para ella: probó a comer sin demasiado apetito, escuchó los interminables discursos y hubo de brindar por la felicidad de la pareja. Soportó la velada bebiendo demasiado champán y fingiendo que no le importaba nada que el hombre al que tanto había amado hubiera contraído matrimonio con otra mujer. Y para cuando llegaron a los postres, estaba absolutamente agotada, incapaz de apreciar los exquisitos profiteroles que le fueron servidos. Todo lo contrario que Tyler, que no solo se comió los suyos, sino también los de ella.

—Te envidio —le susurró Michele con tono meloso—. Puedes comer todo el dulce que quieras. Y comerte a quien quieras —añadió, bromista.

Lentamente Tyler bajó su cuchara y se volvió hacia ella, mirándola a los ojos.

–¿De verdad? –preguntó con tono suave–. ¿A ti tambíen?

Si no hubiera bebido tanto, Michele se habría echado a reír. O a llorar. En lugar de ello, sonrió seductoramente, llevándose un dedo a los labios.

–Probablemente –murmuró–. Pero no se lo digas a Kevin.

–Estás borracha –musitó Tyler–. Así que eso te disculpa. Pero no lleves tu farsa conmigo mucho más lejos esta noche, porque podría terminar haciendo algo de lo que los dos nos arrepentiríamos por la mañana. Tengo que ir al servicio. Te sugiero que tomes algo de café mientras tanto, dado que el baile va a empezar y no quiero recibir demasiados pisotones.

Tyler se levantó y abandonó el salón, dejando a Michele sola y avergonzada. Tomándose dos tazas de café hizo una valiente esfuerzo por despejarse y no hacer más el ridículo. Fue un alivio cuando la música empezó a sonar y los comensales se levantaron para bailar, incluida Cleo y su compañero de mesa.

Pero ver de repente a Kevin sentado en el asiento vacío de Tyler la dejó sin habla, y a punto estuvo de derramar el café.

–Solo dispongo de unos segundos –le dijo él–, así que seré rápido. Sé que te he herido al no haberte contado antes de lo mi matrimonio, y lo lamento sinceramente. Quise decírtelo la última vez que nos vimos, pero sencillamente no pude. Sabía que todavía me querías, y yo... bueno, simplemente no podía soportar ver aquel dolor en tus ojos –le lanzó una mirada lastimera, como si le estuviera suplicando su perdón una vez más–. No fui yo, sino Danni, quien te envió la invitación. Quería asegurarse de que nuestra relación estaba del todo acabada. Por ambos lados. Pero, para ser sincero, respiré aliviado cuando parecía que no ibas a venir. Sabía que no lo habías superado. Por eso me sorprendió tanto verte con Tyler. Lo cual me lleva al tema de esta pequeña conversación... –adoptó entonces una expresión seria y preocupada, añadiendo con un tono aparentemente sincero–. Me preocupa que estés saliendo con Tyler. Se desayuna a las chicas como tú. Una vez que te tenga, se desentenderá de ti y se irá con otra. Lo máximo que aguanta con una chica son unas cuantas semanas. ¡Y te estoy hablando de chicas maravillosas! Francamente, incluso me sorprende que te haya pedido que salgas con él, a no ser que representes una especie de desafío... Te he estado observando durante toda la velada y, la verdad, Michele, yo pensaba que tenías algo más de sentido común. Oh, seguro que es magnífico en la cama, pero no te ilusiones con él. Y, por el amor de Dios, no te enamores. Los hombres como Tyler no se casan con las chicas como tú. Y cuando lo hacen, toman por amantes a mujeres realmente espectaculares, de cuerpos fantásticos y...

–Ya lo he captado, Kevin –lo interrumpió Michele con tono acre–. No soy la tonta que solía ser. Sé perfectamente qué tipo de hombre es Tyler. Y también qué tipo de hombre eres tú. Y ahora, vuelve con tu chica millonaria y déjame en paz. ¡Después de lo de hoy, no quiero volver a verte mientras viva!

–Tu furia te delata, corazón –la miró con ojos entrecerrados–. Diablos, debí haberme dado cuenta. Te estás acostando con Tyler solamente por despecho hacia mí. ¡Por eso te has presentado aquí, con él! ¡Por despecho!

Michele abrió la boca para negarlo todo, pero no logró pronunciar una sola palabra.

—Que tengas suerte —musitó Kevin mientras se levantaba—. Créeme, vas a necesitarla.

Pálida, Michele se quedó allí sentada, viendo cómo volvía a reunirse con su esposa para darle un cariñoso beso.

—¿Qué ha pasado?

Levantó rápidamente la cabeza y vio que Tyler estaba de pie frente a ella.

—Nada.

—En ese caso, esa nada te ha afectado bastante. Vamos, ya estoy harto de todo esto. Te llevaré a casa.

No protestó cuando la ayudó a levantarse, ni cuando se marcharon sin despedirse de nadie.

—Lo odio —rezongó cuando llegaron al coche de Tyler.

—Bien —repuso él, abriéndole la puerta—. Y ahora sube. Tienes una caja de pañuelos en la guantera. La compré pensando en este momento.

Michele se dejó caer en el asiento, abatida, y abrió la caja. Para cuando Tyler se sentó al volante, ya estaba sollozando.

—Yo... no me merezco... un ami... amigo como tú.

—Probablemente no —convino Tyler—. Pero, en cualquier caso, siempre contarás conmigo. Será mejor que te abroches el cinturón de seguridad.

Michele dejó de sonarse la nariz y le lanzó una mirada cargada de inquietud.

—No habrás bebido demasiado, ¿verdad?

—En absoluto. No me has dejado nada.

—¡No estoy bebida!

—Cariño, estás borracha. Si hubiera querido aprovecharme de ti, no habrías tenido la menor oportunidad.

Las palabras de Tyler la despejaron más rápidamente que cualquier café bien cargado que hubiera podido tomar, suscitando su habitual irritación.

–Bien, pues entonces no tendremos que preocuparnos por eso, ¿verdad? Soy la última mujer sobre la tierra de la que habrías querido aprovecharte, dado que por la mañana lo lamentarías profundamente.

–Solo mañana por la mañana. No creo que me arrepintiera cualquier otro día.

–¿Eh?

–Mira, a veces puedo ser una especie de depredador sexual, pero no necesito seducir a una chica que está borracha y además deprimida por un desengaño amoroso.

–Yo no estoy deprimida –negó. Pero Tyler tenía razón. ¡Solo una masoquista podría haber amado a esa serpiente durante tanto tiempo!

–Ya. Claro.

–Y tampoco estoy tan borracha.

–No me digas.

–Y quiero que te aproveches de mí –se oyó a sí misma decirle, y remató aquella estupidez añadiendo–: Y no cualquier otra noche... ¡sino esta misma noche!

Capítulo 6

MICHELE se arrepintió de aquellas palabras nada más pronunciarlas. ¿Cómo podía haber caído tan bajo como para pedirle a un hombre que se acostara con ella... cuando él obviamente no tenía ningún deseo de hacerlo? ¡Todo era culpa de Lucille, por haberle metido aquella absurda idea en la cabeza! Pero no, en realidad era culpa de Tyler, decidió furiosa, ¡por ser tan insoportablemente sexy y atractivo!

Y, por supuesto, estaba bebida. No había ninguna duda en eso. No tenía sentido seguir negándolo. Finalmente, se atrevió a mirar a Tyler, que la miraba a su vez con unos ojos como platos.

—Lo siento —musitó—. Tienes razón. Estoy borracha. No sé lo que estoy diciendo.

—Si pensara que sí lo sabes, yo... yo... —sacudió la cabeza.

—¿Tú qué? —lo desafió Michele.

—Ya hablaremos de esto más tarde —apretó los labios, disgustado—. Después de que te hayas despejado un poco.

—¿Después? ¿Quieres decir que vas a subir al apartamento conmigo?

—¿Existe alguna razón por la que no debiera hacerlo? Solo son las diez y media y... por mucho que el alcohol te haya alborotado las hormonas, no irás a desgarrarme la ropa y a violarme, ¿verdad?

–Er... supongo que no –maldijo en silencio, porque la idea tenía su atractivo. ¡Debía de estar todavía más bebida de lo que pensaba!

–Teniendo en cuenta las circunstancias, me gustaría dejarte sana y salva, y acostada, antes de marcharme. Y si te mareas durante el trayecto a casa, avísame y pararemos. Tengo mucha experiencia en llevar gente borracha a su casa.

Michele se abstuvo de preguntarle si se refería a borrachos del sexo masculino o femenino.

–Lo haré –musitó–. Y tú limítate a conducir, ¿de acuerdo?

No quería tener que hablar más con él, ni mirarlo siquiera. Con un gemido, cerró los ojos en un intento por relajarse y ahuyentar al mismo tiempo cualquier fantasía sexual que la hubiera asaltado. Porque Tyler no era más que eso: una fantasía sexual. Una muy excitante, pero también muy peligrosa fantasía sexual.

El trayecto hasta casa resultó demasiado corto. Para cuando Tyler aparcó frente al edificio, Michele todavía no se había despejado.

–¡Llevas tu tarjeta magnética? –le preguntó mientras la ayudaba a salir–. La necesitarás para abrir el portal, ¿te acuerdas?

–¿Qué? Ah, sí –después de recoger su bolso, se dirigió hacia la entrada.

Una vez más, Tyler la tomó galantemente del codo, y Michele tuvo que hacer un esfuerzo para no montar un escándalo. Y no por otra razón que por lo sorprendentemente sensible y vulnerable que era ante su contacto, por mínimo que fuera. Una vez dentro del apartamento, se apartó rápidamente de él, sirviéndose de la primera excusa que encontró.

–¿Te importaría que te dejase solo aquí mientras me ducho y me cambio de ropa? No soporto más este vestido. Puede que sea bonito, pero no es nada cómodo.

–Adelante –respondió Tyler–. ¿Y a ti te importaría que preparara un poco de café?

–Como si estuvieras en tu casa –le dijo ella antes de desaparecer en el cuarto de baño.

Antes de tomar conciencia de su error, Michele ya se había desnudado y metido en la ducha. En su apresuramiento, se había olvidado de recoger una muda de ropa. El cuarto de baño se abría directamente al salón, donde Tyler estaría sentado. No había manera de que pudiera salir a recogerla envuelta en una toalla.

Contempló la habitación llena de vapor, buscando algo que ponerse, y descubrió aliviada el albornoz que colgaba del perchero de la puerta. Sintiéndose algo más animada, comenzó a lavarse el cabello. Quince minutos después, la imagen que le devolvió el espejo fue muy reconfortante. ¡Volvía a ser una chica normal y corriente, sin aquella apariencia tan sofisticada! Y que solo podía gustar a un hombre normal y corriente... ¡y no a un atractivo playboy acostumbrado a salir con las mujeres más hermosas de la tierra! Se sentía mucho más cómoda con el rostro limpio de maquillaje, sus ojos castaños brillando al natural y el pelo suelto sobre los hombros .

Envuelta en el albornoz, tomó una toalla para terminar de secarse el pelo y salió al salón. Tyler había encendido la televisión y estaba cómodamente sentado en el sillón más cercano a la ventana, con una taza de café en la mano.

La miró nada más entrar, con expresión despreocupada. Tyler volvía a ser el de siempre. Estaba absolutamente relajado, seguro de sí mismo... y absolutamente indiferente a su aspecto.

–¿Te sientes mejor ahora? –le preguntó.

–Mucho mejor –respondió con los dientes apretados, pensando que no le importaba lo más mínimo que no llevara nada debajo del albornoz–. ¿Hay algo interesante en la tele?

–No lo sé. Lo cierto es que no la estaba viendo. Estaba pensando.

–¿En qué?

–En lo de aprovecharme de ti –respondió–. ¿Todavía quieres que lo haga?

Michele se quedó de pronto sin aliento, entreabriendo los labios mientras su corazón iniciaba una acelerada carrera.

–Ah –exclamó Tyler, asintiendo–. Veo por tu expresión que ya te has despejado un tanto y que ya no deseas mis servicios, ni para acostarte y arroparte ni para compartir tu lecho.

Dejó su taza de café sobre la mesa y se levantó. Estaba increíblemente atractivo, y a Michele le recordó de inmediato el primer día que lo había visto, entrando en la sala de estudios de la universidad. Solo pudo mirarlo fijamente, sin respirar.

–Sospecho que tengo razón –añadió con tono sardónico–. Por lo demás, si no hubieras cambiado de idea al respecto, yo no habría podido resistirme. Es más, ahora mismo me gustaría hacerlo. Estás deliciosamente tentadora con ese albornoz... Buenas noches, Michele. Te llamaré pronto para comer juntos un día. O cenar, si te atreves. No tienes nada que temer, porque me despediré de ti con un casto beso de buenas noches. Créeme cuando te digo que mantener por el momento las distancias contigo es lo más prudente que se puede hacer.

Empezó a caminar hacia la puerta, con aquel cuerpo que era la perfección personificada. ¡Y Michele iba a dejarlo marchar! Al cabo de unos cuantos segundos, ya se habría ido aquel hombre magnífico que había dicho que estaba «deliciosamente tentadora», y al que no le importaba su pelo húmedo y despeinado. Cuando la había visto así, Kevin siempre le había dicho que parecía un gato ahogado...

–¡Espera! –lo llamó, y Tyler se detuvo a medio camino de la puerta. Tuvo que aspirar una buena bocanada de aire antes de continuar–: Yo... yo no quiero que te vayas. Quiero que te quedes.

Tyler giró lentamente sobre sus talones, mirándola con expresión desconfiada.

–¿Cómo?

–Que... quiero que te quedes.

–¿Toda la noche, quieres decir?

Michele no había querido llegar tan lejos. Pero una vez que surgió la posibilidad...

–Sí –fue lo único que acertó a decir.

–No te referirás a que pase la noche en este sofá, ¿verdad? –la miró con ojos entrecerrados.

–No.

–¿Aún sigues bajo los efectos de la bebida?

–¡No!

–¿Entonces por qué?

–¿Que por qué?

–Sí. Dame tres buenas razones por las que quieres que me acueste contigo. Pero déjame decirte que, si cualquiera de ellas tiene algo que ver con la boda de Kevin, me marcharé de inmediato.

–¡Eso no es justo! ¿Cómo puedo separar lo que siento esta noche de lo que ha sucedido hoy?

–Inténtalo.

–Mira, yo estoy tan sorprendida como tú –le espetó–. Lo único que sé es que desde que me besaste, no he dejado de desear que me abraces otra vez. Quiero que vuelvas a besarme. Y quiero ver si... si... –un intenso rubor tiñó sus mejillas.

–Continúa –insistió–. ¡Di la verdad y al diablo con la vergüenza!

–¡De acuerdo! –exclamó–. ¡Quiero saber si eres tan bueno en el sexo como en todo lo demás!

Aquello lo había sorprendido; estaba segura de ello. Tyler abrió mucho los ojos y, por una vez en su vida, se quedó sin habla. Michele se aprovechó de su mudo estupor para satisfacer su propia necesidad de saber la verdad.

–Y ahora me gustaría saber por qué habrías de querer tú acostarte conmigo. Nunca antes me habías encontrado tan «deliciosamente tentadora». Dame tres buenas razones por las que quieres hacerlo esta noche. Y si alguna de ellas tiene que ver con la boda de Kevin... puedes estar seguro de que saldrás de aquí de inmediato... ¡porque seré yo quien te eche!

Tyler se echó a reír, recuperado ya de su anterior asombro, aunque aún no parecía muy contento.

–Realmente quieres cobrarte con creces el privilegio, ¿verdad? ¿Pero qué es lo que esperas, Michele? ¿Una declaración de amor?

–No seas ridículo. Solo quiero la verdad. En cualquier caso, nunca he creído en algo tan estúpido como eso –se burló–. ¡Vaya idea!

–No, claro.

–¿Y bien? ¿Se te ha comido la lengua el gato? ¿O

es que no puedes imaginar cualquier otra razón que no sea la de hacer de tripas corazón y sacrificarte por la pobrecita Michele, con su corazón destrozado?

–Dios mío, qué equivocada estás, cariño –rio Tyler–. ¡Qué equivocada!

–Suéltalo entonces.

–Muy bien. Quiero acostarme esta noche contigo porque lo deseo desde hace ya algún tiempo. Siglos, quizá... –se acercó lentamente a ella, le quitó el cepillo de la mano y lo lanzó descuidadamente a un lado–. He estado soñando con desnudarte –murmuró mientras empezaba a desatarle el nudo del cinturón–. Y con besarte por todo el cuerpo –añadió con voz ronca, abriendo el albornoz y deslizándoselo por los hombros.

La prenda cayó a sus pies, de manera que Michele quedó completamente desnuda ante él. Estaba sumida en un estado de shock, respirando aceleradamente, sin poder dar crédito a la expresión de deseo y avidez que se dibujaba en el rostro de Tyler mientras recorría su cuerpo con la mirada. ¿Podía ser aquel el Tyler al que conocía de siempre? ¿Un Tyler que acababa de confesarle que hacía mucho tiempo que la deseaba, pero que se había mantenido discreta y noblemente al margen, esperando a que Kevin saliera de escena y pudiera intervenir él? Aquello no tenía sentido, a no ser que fuera lo que el propio Kevin le había dicho: que para Tyler ella constituía un desafío porque hasta el momento no había demostrado el menor interés por él... un desafío que estaba decidido a ganar.

Aquello sí que tenía sentido. A Tyler no le gustaba fracasar en nada.

–Pero es esto lo que he ansiado hacer más que ninguna otra cosa –murmuró, y levantando en vilo su cuerpo desnudo, se dirigió rápidamente hacia la habitación.

Capítulo 7

EL DORMITORIO de Michele era amplio, dominado por una gran cama de bronce. No había muchos muebles más, aparte del armario empotrado. Un par de mesillas color crema, una mesa de tocador de palisandro y una vieja silla pintada de violeta. Había dos ventanas, una enfrentada a la cama y otra, más pequeña, encima de la cabecera del lecho, a través de las cuales se filtraba la luz de la luna. De ese modo, cuando cerró la puerta con el pie, Tyler no tuvo necesidad de las luces para iluminar la habitación. Sin vacilar, tumbó suavemente a Michele sobre el edredón.

–Tyler –pronunció asustada, agarrándolo de las solapas de la chaqueta–. Quizá esté borracha después de todo... quiero decir que yo...

–Shh –musitó él, haciéndole apoyar la cabeza sobre las almohadas antes de incorporarse. Se quitó la chaqueta y la corbata de lazo, arrojándolos descuidadamente a un lado.

Michele cerró los ojos y oyó el sonido que hizo al quitarse los zapatos. Se encendió la lámpara de la mesilla. A su lado, el edredón fue apartado bruscamente y dos grandes y suaves manos se cerraron sobre sus hombros desnudos. El aroma de la colonia de Tyler llegó hasta ella.

–No cierres lo ojos –le pidió en un murmullo, con la boca tan cerca de la suya que podía sentir la caricia de su aliento en sus labios–. Tienes unos ojos tan preciosos...

Michele los abrió y allí estaba Tyler, en todo su esplendor, con su mirada azul clavada en su rostro.

–¿No... no vas a desnudarte? –le preguntó con voz temblorosa.

–Aún no –fue su suave respuesta, y se tumbó a su lado, todavía con la camisa blanca y los pantalones negros puestos–. Dado que voy a quedarme toda la noche, no hay razón alguna para apresurar las cosas, ¿no te parece?

Inclinándose hacia ella la besó tierna y levemente una y otra vez, sin dejar de acariciarle la melena mojada, adorándola con la mirada como si fuera la criatura más hermosa y deseable del mundo.

–No sabes las veces que he soñado con hacer esto –le confesó.

El nerviosismo de Michele fue cediendo conforme se convencía de la sinceridad de su deseo y de su ternura. Ya no le importaba que solamente representara una especie de desafío sexual para Tyler mientras continuara besándola y mirándola de aquella forma. La estaba haciendo sentirse tan hermosa, tan deseada, tan especial... Suspiró de placer, abandonándose por completo a aquel momento.

–Eso está bien –murmuró Tyler contra sus labios–. Relájate... –empezó a sembrar su rostro de pequeños besos: la barbilla, la nariz, los párpados, hasta que finalmente retornó a su boca.

Pero fue entonces cuando la intensidad de sus besos cambió. Capturando delicadamente su labio inferior entre los dientes, se dedicó a mordisquearlo y a

lamerlo. El corazón de Michele se aceleró nuevamente, y alcanzó aún mayor velocidad cuando Tyler
repitió aquella erótica acción. Para cuando había hecho lo mismo con su labio superior, Michele sentía
que le ardía la boca. Ella misma estaba ardiendo de
deseo.

Un leve gemido escapó de su garganta cuando Tyler, enterrando los dedos en su melena húmeda, tomó
plena posesión de sus labios para explorar con la lengua el dulce interior de su boca.

Michele estaba empezando a marearse de placer
cuando, repentinamente, el beso se interrumpió.

–Perdón –musitó Tyler, con la respiración acelerada–. Me he propasado un poco. Algo comprensible,
teniendo en cuenta las circunstancias. Pero imperdonable al fin y al cabo.

Michele no sabía de qué estaba hablando. El brus-
co abandono de la boca de Tyler le había permitido
reflexionar fugazmente sobre lo muy excitada que
estaba. Su cuerpo ardía como nunca había ardido en
ninguna de las experiencias que había tenido con Kevin. Se sentía arrebatada no solo por un deseo de
complacer, sino de ser complacida. Y definitivamente
la boca de Tyler deslizándose sobre la suya la había
estado complaciendo. Y mucho.

–No te detengas –le pidió, levantando la cabeza
hasta rozar sus labios con los suyos, en un desesperado esfuerzo por saborearlos una vez más.

Tyler la agarró de los hombros, apartándola lo suficiente como para que no pudiera volver a hacerlo.
Sus brillantes ojos azules estaban fijos en los suyos,
y en su boca se dibujaba una mueca irónica.

–Compadécete de mí. Soy un hombre, no una máquina.

–Lo sé –susurró Michele–. El hombre más guapo que he visto nunca.

El rostro de Tyler se oscureció, y la soltó bruscamente.

–¿Qué es la belleza cuando todo está dicho y hecho? –exclamó–. Solo es una ilusión. Y a veces, también una maldición.

–A mí me gustaría ser hermosa.

–No seas ridícula. Eres hermosa. ¿Cuántas veces tengo que decírtelo? ¿Crees que esto no es hermoso? –le preguntó, acariciando con el dorso de su mano derecha su cuerpo desnudo.

Cuando uno de sus dedos le rozó un seno, Michele contuvo el aliento. Sobrecogida por aquella electrizante sensación, levantó las manos y descubrió que sus pezones ya estaban endurecidos. Se los tocó tentativamente; nunca los había sentido tan receptivos, tan exquisitamente sensibles...

–No –le pidió Tyler.

Michele levantó la cabeza y lo miró. La estaba contemplando con ojos entrecerrados, ávidos, atormentados. Casi no lo reconocía. Pero aquella angustiada expresión no tardó en desaparecer y se encontró una vez más ante el Tyler de siempre, siempre confiado y seguro de sí mismo.

–Permíteme.

De cualquier forma no esperó su permiso: le sujetó las muñecas para levantarle las manos por encima de la cabeza, logrando así un mejor acceso a aquellos sensibles pezones para sus labios. Cuando su boca hizo el primer contacto, un gemido estrangulado escapó de la garganta de Michele. Y cuando lamió la endurecida punta, dejó por completo de respirar. Su cuerpo entero se tensó de deseo y arqueó la espalda, incitándolo a que siguiera adelante. Nada más rozar accidentalmente uno de los barrotes de la cabecera de la cama, cerró los dedos en torno a él.

Apenas era consciente de que Tyler ya no le sujetaba las muñecas, pero continuó en la misma posición, víctima deseosa de aquella erótica tortura. A pesar de que a ella le pareció una eternidad, solo transcurrieron algunos segundos antes de que la boca de Tyler se ocupara de su otro seno. Y se olvidó de todo excepto de aquella experiencia tan insólita en su vida. Jamás antes había sentido un placer tan intenso ni un tormento tan exquisito.

Las manos de Tyler ya se habían reunido con sus labios en aquel despliegue de caricias, acariciándole un seno mientras le lamía el otro, chupándoselo, jugando con su húmedo pezón y haciéndola gemir suavemente. Solo cuando Michele sintió que aquella mano abandonaba el seno para descender todo a lo largo de su cuerpo, abrió los ojos. Y los abrió aun más al descubrir de qué manera deslizaba los dedos por su sexo, encontrando aquel punto tan exquisitamente sensible que tan a menudo Kevin había ignorado en sus relaciones sexuales.

Jadeó de deleite por aquella hábil caricia, y luego de asombro cuando Tyler abandonó por completo sus senos para aplicar los labios en el mismo lugar que acababa de acariciar con los dedos.

–¡No, no! –gritó de inmediato, retorciéndose bajo su cuerpo.

Tyler se echó hacia atrás, mirándola sorprendido.

–¿No te gusta?

–Yo... yo... bueno, la verdad es que no lo sé –balbuceó, avergonzada–. Quiero decir que... Kevin nunca... él no... no le gustaba hacer eso –terminó lanzándole una mirada defensiva, casi desafiante, mientras se cubría los senos desnudos con el edredón.

–Bueno, yo no soy Kevin –repuso secamente Tyler mientras se incorporaba y empezaba a desabrocharse los botones de la camisa–. Y resulta que a mí me gusta, y mucho. Creo que a ti también podría gustarte... si te relajaras un poco. ¿Qué tal si confías en mí y te dejas llevar? Si hago algo que no te guste, cualquier cosa... me detendré al momento. ¿Te parece bien?

Michele asintió, y luego contempló admirada, con los ojos bien abiertos, su magnífico torso desnudo. No le sobraba ni un solo gramo de grasa. Era sencillamente soberbio: pecho y hombros anchos, cintura y cadera estrechas, estómago plano, piel suave, satinada, casi sin vello... Y el bronceado dorado más bonito que había visto en toda su vida. Apenas podía esperar a tocarlo...

Para entonces se estaba desabrochando el cinturón, lo que le recordó su anterior confusión cuando creyó que era la hebilla lo que estaba presionando contra su vientre. Y bajó la mirada para descubrir... aquello.

Pensó que si el sexo oral formaba parte de las habituales actividades sexuales de Tyler, entonces probablemente querría que ella se lo hiciera también a él. La perspectiva la puso nerviosa. No era que la idea le pareciera repulsiva, ya que, en realidad, no le habría importado nada hacerlo. Su problema era otro: ¿le gustaría a Tyler la manera en que ella lo hacía? Había tenido tantas mujeres, mientras que ella... bueno, solo lo había hecho con Kevin, y a pesar de que este siempre se había mostrado complacido con su técnica, ya no podía estar muy segura debido a lo falso de sus halagos...

Los pantalones de Tyler cayeron al suelo, y luego los calzoncillos. Michele tragó saliva, deseando no haberse despejado tanto; si hubiera seguido estando bebida, las cosas habrían resultado más fáciles. Aun así, quería hacérselo realmente, ¿no? Tanto como quería que él se lo hiciera a ella.

Una vez despojado de la ropa interior, Tyler le dio la espalda y se sentó en el borde de la cama, agachándose para quitarse los calcetines y recoger los pantalones del suelo, en cuyos bolsillos estuvo buscando algo. Michele supuso que se trataría de un preservativo. Debía de llevar siempre uno o dos consigo. Siendo como era, nunca se sabía cuando podía necesitar uno.

Tyler lanzó dos sobres de plástico sobre la mesilla y se levantó, desnudo y erecto. Michele no sabía dónde mirar.

–¿Puedo convencerte de que retomemos la absolutamente increíble posición de hace unos minutos?

–¿Quieres decir...? –miró la cabecera de bronce de la cama, a cuyos barrotes se había agarrado antes.

–Ajá –confirmó él.

Como ella titubeaba, Tyler empezó a besarla de nuevo, desterrando sus inhibiciones. Poco después, le levantó los brazos por encima de la cabeza, entre beso y beso, de modo que quedó otra vez aferrada a los barrotes de la cabecera de la cama.

–Prométeme que no te soltarás –le susurró al oído–. No hasta que yo te lo diga...

Solo pudo asentir con la cabeza. Ya estaba presa de una embriagadora mezcla de excitación y ansiedad, tenso cada músculo de su cuerpo.

–Puedes cerrar los ojos, si quieres.

Michele quería hacerlo, ya que su mente se llenó

de pronto de dudas y temores. ¿Qué iba a hacerle Tyler exactamente? ¿Le gustaría o le disgustaría? Quizá se avergonzara, quizá...

Pero todas aquellos miedos cesaron cuando Tyler empezó a deslizar las manos todo a lo largo de su cuerpo desnudo, deteniéndose en sus senos y en su vientre antes de acariciarle las caderas y los muslos. ¿Le abrió él las piernas o lo hizo ella misma? Después la propia Michele no llegaría a saberlo, y para entonces ya tampoco importaba. Con el aliento contenido, esperó a que él aplicara los labios allí, imaginando aquel desconocido placer...

¿Cómo describirlo? ¿Cómo expresar con palabras la variedad y riqueza del placer que le ofreció? ¿Era solamente físico, o existía alguna necesidad emocional que reclamaba satisfacción aquella noche? Lo único cierto era que Tyler hizo realidad todo aquello con lo que Michele había soñado y fantaseado hasta entonces. Y lo hizo con una primaria y primitiva pasión que trascendió el pudor y sacó al exterior el animal femenino que se ocultaba en ella. Bajo sus labios y sus manos, desapareció la Michele que había llegado a ser con Kevin. Se retorció y convulsionó, gimiendo y gritando. Se excitó como, hasta aquel preciso momento, solo en sueños se había excitado.

Sorprendentemente, para cuando Tyler se apartó para alcanzar un preservativo, Michele no se sentía en absoluto saciada; su cuerpo seguía tan tenso como cuando habían empezado. Ansiaba la penetración, consciente de que solo entonces se sentiría satisfecha, fundido su cuerpo con el suyo.

Su tensión fue en aumento cuando Tyler se cernió sobre ella, preparado para entrar.

—Sí –lo urgió–. ¡Oh, sí, Tyler, sí!

Vaciló por un momento, y luego la penetró de una vez. Un gemido escapó de la garganta de Michele, mientras se aferraba a los barrotes de la cabecera para levantar las caderas y facilitarle la entrada.

–Ahora puedes moverte todo lo que quieras –le pidió Tyler con voz ronca.

–Y tú también –repuso, enredando las piernas en su cintura.

–Sí, *madame*.

Su cuerpo era literalmente mecido por su poderoso ritmo, así que terminó aferrándose a él. Era una posición sorprendentemente cómoda, con sus cuerpos perfectamente fusionados en uno solo y sus corazones latiendo al unísono.

–Oh, Tyler... Tyler... no puedo parar.

–Está bien, cariño –murmuró mientras su cuerpo empezaba a convulsionarse–. Yo también voy a llegar... contigo.

Capítulo 8

¡DESPIERTA, despierta, dormilona!

Michele se enterró aun más profundamente bajo el edredón, negándose a moverse.

–Déjame, Tyler –musitó antes de que una idea penetrara a través de su conciencia: ¿Tyler?

Toda neblina mental se evaporó cuando el recuerdo de lo sucedido la noche anterior desfiló por la pantalla de su pensamiento, en Vista Visión y con sonido Dolby. Y revivió todos y cada uno de sus actos: cada humillante palabra y gemido que había proferido.

–Ya es casi mediodía –pronunció Tyler desde algún lugar aterradoramente cercano–. Vamos, preciosa –la besó en la cabeza–. El día nos espera.

Ahora sí que quería esconderse bajo el edredón y no volver a salir jamás. Cerró los ojos con fuerza, rezando para salvarse. Pero aquello no era una película y no iba a aparecer en el último momento la caballería para rescatarla. Tenía que dar la cara.

Abrió prudentemente un ojo, pero no para enfocar la vista en Tyler, que se hallaba detrás de ella, sino en los tres paquetes vacíos de preservativos que seguían estando sobre la mesilla. Tres. Y no dos.

Michele se mordió el labio inferior, descubriendo que le dolía un poco. Tentativamente se tocó los pezones, también demasiado sensibles al contacto. Así que no había sido un sueño. Ni se había imaginado el erótico tormento al que le había sometido Tyler... ¿Cómo podía haberse dejado hacer esas cosas? No lo amaba. Ni él tampoco a ella. Aquello no había sido nada más que sexo, en su más básica y primitiva forma. Lascivia, no amor.

¡Pero aun así... había sido algo maravilloso! Michele disimuló un gemido. Siempre había pensado que ella necesitaba del amor para disfrutar del sexo... «¿Ah, sí», le replicó una voz interior. «¿Y cuánto tiempo hacía que no disfrutabas sexualmente tanto con Kevin, cariño?». Tanto que no podía recordarlo. ¡Quizá nunca!

–Vamos. No sigas haciéndote la dormida –insistió Tyler–. Soy consciente de que puede que tengas algún problema con el síndrome de la mañana siguiente, pero te aseguro que eso no sería más que una inmensa pérdida de tiempo. Dudo que Kevin, que ahora mismo estará felizmente acostado con su nueva esposa, se arrepienta de lo sucedido anoche o te conceda incluso el menor pensamiento.

Michele permaneció sin moverse durante unos segundos más, reflexionando sobre las potencialmente provocativas palabras de Tyler con un cierto grado de sorpresa. Porque, simplemente, no le habían suscitado dolor alguno. Ningún dolor en absoluto. Y por encima de aquel asombroso descubrimiento destacaba el igualmente asombroso hecho de que no había estado pensando en absoluto en Kevin, al margen de su evidente inferioridad respecto a Tyler como amante. Con toda sinceridad, no le importaba lo más mínimo lo que Kevin estuviera pensando o no pensando aquella mañana. Lo único que parecía importarle en aquel momento era encontrar el coraje necesario para enfrentarse a Tyler y averiguar lo que estaba pensando. Porque, francamente... ¡no tenía ni idea!

Tragando saliva, rodó a un lado, se apartó el pelo de la cara y adoptó lo que esperaba fuera una conveniente expresión pensativa. Pero el hecho de verlo allí, envuelto en el albornoz de Kevin, con ese aspecto de dios griego recién salido de un baño turco, la dejó sin habla. Fijó la mirada en su boca y en sus manos, evocando el cuerpo tan hermoso y tan maravillosamente viril que se escondía debajo del albornoz, aquel cuerpo que siempre había admirado y que solo ahora conocía muy, pero que muy íntimamente. Pensó en cómo, durante la tercera vez, lo había acariciado y besado por todas partes, y sí, se lo había hecho también a él... Luego Tyler la había sentado a horcajadas encima de él, dejando que fuera ella quien llevara la iniciativa...

Eso había sido antes de que cayera en un profundo sueño, saciada y exhausta. Pero ahora estaba bien despierta. Ya no estaba exhausta. Y tampoco saciada.

No pudo evitar sorprenderse del rumbo que estaban tomando sus pensamientos. No estaba muy segura de que quisiera ser aquella nueva y lasciva criatura que Tyler había creado.

Siempre había sido una persona obsesiva, pero lo último que deseaba en aquel momento era obsesionarse con el sexo, o con Tyler. Conocía mejor que nadie su comportamiento con las mujeres. Las chicas entraban y salían constantemente en su vida, con demasiada facilidad y demasiada frecuencia. Tyler necesitaba desafíos y objetivos para mantener concentrado su interés en un proyecto, en una persona. Disfrutaba triunfando en aquello en lo que los otros habían fracasado.

Michele recordó su confesión de la noche anterior, cuando le dijo que desde hacía años había querido acostarse con ella. En un primer momento, Michele se había sentido muy halagada. Pero ahora el sentido común le sugería que tal vez aquello no tuviera nada que ver con sus preciosos ojos, o con su hermoso cuerpo, sino con la indiferencia que hasta entonces había mostrado hacia él, tal y como le había señalado Kevin. Se había convertido en el último desafío sexual para Tyler, en la única chica que se había atrevido a resistírsele... hasta esa noche.

La desilusión se incorporó a su confusa mezcla de sensaciones. No le gustaba el pensamiento de ser otra muesca en el revólver de Tyler. ¡No le gustaba nada en absoluto!

–Oh… oh –exclamó Tyler.

–¿Oh… oh, qué? –le espetó ella.

–Te dispones a empezar una discusión. Puedo verlo en tus ojos. Pero no me provocarás esta vez, cariño. Esta vez no. Hoy no quiero discutir. Diré sí a cualquier cosa que me digas, o a cualquier deseo que me expreses –se tumbó a su lado, con las manos detrás de la cabeza–. Estoy absolutamente a tus órdenes.

Michele quería enfadarse con él. Pero le resultaba imposible. Además, estaba demasiado ocupada luchando contra las tentaciones que la estaban asaltando. Bastantes problemas estaba teniendo para mantener apartada la mirada de su magnífico cuerpo. Todavía tenía el pelo húmedo, lo que quería decir que se había duchado hacía poco. En su imaginación ya estaba abriéndole el albornoz, deslizando las manos por aquel maravilloso pecho desnudo y...

–¡Tienes razón! –exclamó con fingida animación–. ¡Ya es hora de levantarse!

Ya se estaba sentando en la cama cuando se dio cuenta de su error. Pero para entonces ya era demasiado tarde para volver a cubrir su desnudez envolviéndose en el edredón; era una suerte que le estuviera dando la espalda. Levantándose con toda la dignidad de que fue capaz, cubrió la distancia que la separaba del armario.

Sin poder evitarlo, seguía pensando en Tyler, allí tumbado en la cama, contemplándola y evocando el mundo de eróticas sensaciones que tan novedoso había sido para ella... Le tembló la mano cuando encontró su camisón y se lo puso, ocultando su desnudez con toda la naturalidad que fue capaz de fingir.

–Creo que tomaré una ducha –le dijo a Tyler, mirándolo por encima del hombro.

–¿Quieres que te prepare un café mientras tanto? –le propuso antes de que ella escapara de la habitación.

Michele se detuvo en seco en el umbral, y se volvió para mirarlo una vez más. Estaba sentado en el borde de la cama, observándola con intensidad, a medias pensativo y a medias curioso. La fingida confianza de Michele desapareció por completo mientras se preguntaba, desesperada, en qué estaría pensando. ¿Estaría recordando? ¿Deseando, esperando algo?

–No, no te preocupes –le dijo, tensa–. Ya me prepararé yo uno cuando salga.

–Huyendo no conseguirás nada, y lo sabes –pronunció Tyler con tono suave–. Ya ha sucedido, Michele. Y ha sido maravilloso.

Michele se tensó aun más, y decidió ignorar aquella última aserción. Negar que el sexo era maravilloso era algo fútil. Pero confirmarlo no constituía una opción. Tyler no necesitaba más lustre para su ego.

–Soy perfectamente consciente de lo que ha sucedido –le espetó–. Y no voy a huir. Solo voy a tomar una ducha.

–¿Y después?

–Desayunaré.

–¿Y luego?

–Luego tú te vestirás y te irás a tu casa. Después de lo cual, con un poco de suerte, ambos podremos volver a la situación en la que nos encontrábamos antes de ayer.

–¿Y cuál era exactamente esa situación? –quiso saber Tyler, en esa ocasión con un leve tono de disgusto–. ¿Fingir que somos amigos? ¿Intentar ignorar la química que siempre ha existido entre nosotros?

Aquello la tomó desprevenida. Y cuando examinó su teoría, tuvo que reconocer que, en parte, tenía razón. Siempre había sido especialmente vulnerable al atractivo de Tyler. ¿Pero qué mujer no lo habría sido? Y sí, tal vez hubiera existido algo de celos sexuales detrás de los insultos que siempre le había lanzado...

–Lo de anoche me demostró que tenía razón –continuó Tyler, antes de que ella pudiera decir una palabra–. Me deseabas, Michele. Y yo te deseaba a ti. Siempre te he deseado. ¡Ya te lo dije, y hablaba en serio!

–¿Por qué? –lo desafió, necesitada de saber la verdad.

–¿Quién conoce el misterio que se oculta detrás de la atracción de los sexos? Siempre me has parecido increíblemente sexy. Y tenía razón –añadió con una sonrisa mientras se levantaba para acercarse a ella–. Lo eres.

–Yo... yo no suelo serlo –negó, con el corazón acelerado.

–Lo eres conmigo... –la tomó por los hombros y, cuando ella levantó la mirada hacia él, la besó en los labios.

Michele tembló, sintiendo de inmediato cómo el calor del deseo empezaba a correr por sus venas. Tyler tenía razón. Ella era sexy. Con él.

–No podemos volver a donde estábamos antes, Michele –le dijo entre beso y beso–. Lo de anoche no fue algo casual, y no dejaré que lo conviertas en eso.

–No –asintió finalmente, aturdida.

–Quiero seguir viéndote. Quiero sacarte a cenar y a bailar, al teatro, y sí, seguir acostándome contigo. Quiero devolver algo de diversión a tu vida.

–¿Diversión? –repitió, sorprendida.

–Sí. ¿Recuerdas lo que es?

–Yo... yo...

–No me extraña que no lo recuerdes –musitó–. Kevin te quitó toda la alegría que tenías... y yo quiero devolvértela... ¡como que me llamo Tyler Garrison!

Michele se lo quedó mirando fijamente. Suponía que podría ser divertido salir con Tyler, dado que no estaba emocionalmente ligada a él. Porque, al igual que la noche seguía al día, inevitablemente el sol terminaría poniéndose en cualquier relación que entablaran. Sería algo puramente provisional.

–Empezaremos hoy –añadió Tyler con tono firme.

–¿Y qué vamos a hacer? –le preguntó, sin aliento.

–Como antes te dije... ¡estoy en tus manos! –exclamó con una maliciosa sonrisa.

Capítulo 9

¡NO! –exclamó Lucille.

–Sí –suspiró Michele.

Era lunes, y Michele había llamado a Lucille para pedirle que comieran juntas. Necesitaba hablar con una persona lúcida e inteligente, alguien que la ayudara a mantener los pies en el suelo... Algo muy difícil de hacer cuando un hombre como Tyler quería salir con ella.

–Ya te advertí de que ese malvado lobo acabaría por seducirte –le recordó Lucille.

–No lo hizo. Fui yo quien le pedí que se quedara.

–¡No!

–Sí.

–No te creo. Esas cosas no son propias de ti. Simplemente lo estás encubriendo y protegiendo, algo que sí que es propio de ti.

–Bueno, la verdad es que estaba un poquito bebida... –confesó Michele.

–Yo diría que muy bebida, y que él se aprovechó de ti.

–No, de verdad, Lucille, aunque yo le di oportunidad de hacerlo. Él tenía intención de acostarme y luego dejarme sola.

–Ya –rio su amiga–. Querrás decir que fue eso lo que él te dejó pensar. Sabía que jugaba sobre seguro desde el momento en que le pediste que te acompañara a esa boda. No pensarás que te pidió que te pusieras algo sexy en beneficio de Kevin, ¿verdad?

—No lo sé, Lucille —repuso aturdida—. Francamente, no sé nada. Quiero decir que... cuando me desperté ayer por la mañana, creí morirme de vergüenza. Dios mío, las cosas que le dejé hacer... Y las cosas que hice yo misma.

—Oh, vaya. ¿Y qué es lo que hiciste exactamente?

—No puedo decírtelo.

—Claro que puedes. Soy una mujer. ¡Vamos!

Michele se lo contó. Todo. Y, para su sorpresa, Lucille no pareció escandalizarse demasiado.

—Debe de ser fantástico en la cama —susurró, para que no la oyeran los comensales de la mesa más cercana, una pareja de cierta edad. Tenían la sensación de que habían dejado de beber su té durante los últimos minutos.

—Único. Cuando me hace esas cosas, ya no puedo pensar, y mucho menos tomar ninguna decisión razonable. Es como si un desconocido tomara posesión de mí y yo me perdiera completamente en la experiencia. A veces quiero comérmelo vivo, o arrastrarlo al interior de mi cuerpo para que nuestros cuerpos se fundan en uno solo...

Por primera vez, Lucille se mostró preocupada.

—No me gusta cómo suena eso. No te habrás enamorado, ¿verdad?

—No —respondió Michele, no demasiado convencida—. No, no lo creo. Solo estoy un poco... asombrada. Supongo que no todos los días te pones a hacer el amor interminablemente con un hombre tan experimentado y tan bien... dotado por la naturaleza.

–¿Ah, sí? No me habías mencionado esa parte. Cuéntame más.

–Creo que ya te he contado suficiente –rio Michele–. No me estás sirviendo de tanta ayuda como esperaba. Creí que me dirías que dejara de comportarme como una estúpida... ¡y que no se me ocurriera volver a salir con él!

–Lo haría si supiera que me ibas a hacer caso –repuso Michele, irónica–. Pero ambas sabemos que vas a salir con él hasta que te deje en la estacada. Y ambas sabemos que eso volverá a dolerte, quizá incluso más de lo que te dolió con Kevin. Porque, por lo visto, Tyler Garrison es un hombre inolvidable. Lo cual me recuerda algo: ¿qué es lo que sientes por Kevin ahora mismo?

–¿A qué Kevin te refieres?

–¡Oh, Dios mío!

–Era una broma, Lucille. No puedo olvidar tan fácilmente diez años de mi vida. De todas formas, me alegro de que ya no estemos juntos –pronunció con tono firme.

–Eso espero. Pero recuerdo haberte oído decir eso una o dos veces antes.

–Ahora va en serio.

–Eso es porque el maravilloso Tyler te está sirviendo de distracción. ¿Qué sucedería, me pregunto, si Kevin dejara a su esposa y llamara de nuevo a tu puerta?

Michele no era capaz de responder a esa pregunta. Ocupaba todo su pensamiento el presente y el pasado inmediato, cuando Tyler se había quedado remoloneando aquella mañana temprano en su cama, diciendo que ese día no tenía que empezar a trabajar tan pronto...

–Y bien, entonces... ¿qué hiciste el resto del fin de

semana? –le preguntó Lucille, y al ver que se ruborizaba, exclamó–. ¡No!

–Sí, pero no durante todo el tiempo... de vez en cuando nos levantábamos a comer algo. Y vimos un poco de televisión. Y hablamos.

–¿Ah, sí? –murmuró Lucille, arqueando una ceja con gesto escéptico–. ¿Y sobre qué? ¿Sobre las posiciones que le faltan al Kamasutra?

–Sobre mi familia. Tyler me dijo que quería conocer todo lo que me ha hecho ser lo que ahora soy.

–Oh. Muy inteligente por su parte. No hay nada más cautivador que un hombre capaz de hacerle preguntas a una mujer sobre ella misma. Supone cierto cambio, pero el objetivo es el mismo. Mantenerte bien sujeta para seguir disfrutando del sexo.

Los cáusticos comentarios de Lucille no iban tan descaminados, y le hicieron recordar a Michele lo que Kevin le había dicho: que cuando Tyler se cansara de ella, terminaría abandonándola.

Sus pensamientos regresaron a aquella mañana, cuando Tyler se despidió de ella. Le había dicho que aquella semana tenía que entregar una revista en una fecha tope, y que no podría verla hasta el viernes por la noche. ¿Había sido una excusa sincera, o el preludio de su despedida definitiva? ¿Habría terminado ya su relación? Aquella posibilidad la desgarró por dentro.

–¿Qué te pasa? –le preguntó Lucille, preocupada.

–Nada –musitó con expresión dolida.

Pero Lucille no se dejó engañar. Los ojos de Michele eran las ventanas de su alma. Se estaba enredando cada vez más profundamente con aquel hombre: Lucille era plenamente consciente de eso. ¿Pero qué podía hacer ella excepto estar presente para ayudar a recoger sus pedazos después? Las chicas como Michele no eran tan duras como lo era ella, o tan prudentes... Ella sí era capaz de conducirse bien en una aventura estrictamente sexual.

–No dejes que se te enfríe el café –le advirtió Lucille para luego cambiar de tema, momento en el que la pareja mayor que estaba sentada a su lado suspiró decepcionada. Escuchar a aquellas chicas había sido mejor que ver un serial televisivo.

Por la tarde Michele se llevó sus temores al trabajo, por lo que fue incapaz de concentrarse. Aun así, necesitaba hacerlo: para finales de aquella semana, su equipo debía presentar el proyecto publicitario para Comidas Packard. Estaba más que contenta de los progresos que habían hecho hasta el momento, pero no necesitaba ninguna tensión adicional...

–¿Cómo van las cosas por aquí, Michele?

Michele se irguió en su silla, sorprendida al descubrir a su jefe ante su escritorio mirándola con aquellos ojos tan grises como el acero. Intentó no parecer demasiado intimidada. Pero su jefe intimidaba con demasiada facilidad a la gente...

Harry Wilde era un hombre difícil y exigente, un perfeccionista adicto al trabajo. Nadie sabía gran cosa de su vida, aparte de lo que pertenecía al conocimiento público. A finales de los años ochenta había sido el nuevo niño prodigio del mundo de la publicidad. Con veinticinco años había dimitido de una famosa empresa para fundar una propia, con una plantilla de una única persona: él. Y con treinta años se había convertido en multimillonario. Para entonces, su empresa multiplicaba su beneficio cada año.

Diez años después de su fundación, la empresa Fabulosas Ideas había crecido hasta formar una plantilla de unas quince personas, y en ese momento ocupaba el tercer piso de un edificio de oficinas situado en la zona norte de Sydney, a cinco minutos en coche del lujoso barrio residencial de Harry, en el puerto. Harry detestaba perder tiempo en desplazamientos, y por eso había animado a sus empleados a que eligieran sus lugares de residencia cerca de su trabajo.

También tenía el buen sentido de no derrochar su dinero en oficinas lujosas, empezando por su propio despacho. El despacho de Michele era amplio y espacioso, pero austero. En cambio, Harry no escatimaba gastos en lo que se refería a tecnología y equipo informático. Siempre se ocupaba de que sus trabajadores estuvieran satisfechos con las cosas que realmente importaban.

—Bueno, Harry, el caso es que...

Se interrumpió cuando su jefe arqueó una ceja con gesto escéptico y esbozó una de sus irónicas sonrisas. Michele tragó saliva, nerviosa. A Harry no se le engañaba fácilmente. Aparte de que no le gustaba nada.

—Lo cierto es que hoy no consigo concentrarme —musitó.

—¿Hay alguna forma de que pueda ayudarte?

Michele sonrió. Harry podía resolver cualquier problema publicitario que ella pudiera tener con tanta brillantez como facilidad. Pero era la última persona a la que podría acudir con sus problemas personales, sobre todo cuando atañían a Tyler. Porque, básicamente, Tyler y Harry estaban hechos de la misma madera. Ambos eran playboys, hombres dedicados a los placeres de la carne en su tiempo libre, y desinteresados de cualquier compromiso emocional permanente. Michele tenía que admitir que Harry no dedicaba a esas actividades tanto tiempo como Tyler, pero, por lo que había sabido, cuando jugaba a ello, jugaba fuerte.

Por todo ello, no era de extrañar que Michele no le confesara a su jefe sus dudas acerca de Tyler. Probablemente ni siquiera entendiera su problema. Le diría que siguiera adelante, que se divirtiera... ¡y que fuera lo suficientemente lista como para abandonar a Tyler antes de que él la abandonara a ella!

–Solo estoy un poquito resacosa, jefe. Un amigo mío se casó el fin de semana y celebró una fiesta después. Mañana volveré a estar perfectamente.

Harry asintió con la cabeza. Padecer una resaca era algo que podía entender y tolerar perfectamente.

–De acuerdo, pero no vayas a cometer ninguna tontería el próximo fin de semana. He preparado un ensayo general de tu presentación para el lunes a primera hora de la mañana. Así tendremos tiempo de corregir cualquier fallo.

Michele disimuló un gemido. Los ensayos generales eran una pesadilla. Harry siempre convocaba a toda la plantilla para que los viera, después de lo cual abría un turno de comentarios y críticas. Michele solo había tenido que asistir a otros dos desde que tres años atrás se incorporó a Fabulosas Ideas, porque hasta muy recientemente solo había trabajado en pequeños proyectos. Pero aquello era distinto. Era su gran ocasión.

–¿Estás segura de que podrás con ello? –le preguntó Harry, mirándola con ojos entrecerrados.

–Desde luego.

–Será mejor que sea así, corazón –repuso secamente, y se marchó.

Michele intentó decirse que el hecho de que la hubiera llamado «corazón» no significaba nada. Le recordaba las similares expresiones de cariño que Tyler había utilizado con ella durante el fin de semana: «cariño», «nena» o «querida». Sonaban dulces, afectuosas, pero contemplándolo retrospectivamente, probablemente no habrían significado más que el «corazón» de Harry. ¿A cuántas otras chicas les habría susurrado Tyler aquellas mismas palabras para seducirlas?

Estaba intentando sobreponerse a aquella deprimente premonición cuando sonó el teléfono. Lo descolgó con gesto irritado, ya que no le apetecía hablar con nadie en aquellos instantes.

—¿Sí? —preguntó con cierta brusquedad.

—¿He llamado en un mal momento?

Era Tyler. El Tyler de voz seductora y cuerpo irresistible. Los dedos de Michele se crisparon sobre el auricular.

—Eso depende.

—¿De qué?

—Del motivo de tu llamada...

Michele pensó que quizá, después de todo, no tuviera necesidad de tomar una decisión acerca de Tyler. Tal vez fuera aquella la llamada de su despedida: «lo siento, cariño, pero creo que será mejor que dejemos las cosas en lo que son, en una aventura de fin de semana. Ya sabes que tú y yo no tenemos nada en común...» Lucille había tenido razón. Ahora podía darse perfecta cuenta de que Tyler se había aprovechado de ella. Sabía lo alterada que se había sentido por lo de Kevin. Para no hablar del champán que había bebido durante la recepción. Gimió en silencio. Al menos podría aferrarse a esas razones para explicar su propio comportamiento, tan inusualmente pro-

miscuo y turbadoramente apasionado. Y así podría
desechar preocupantes sensaciones en el sentido de
que quizá Tyler significara para ella mucho más de lo
que había imaginado...

—Es acerca de lo del viernes por la noche... —empezó a decir Tyler, y Michele se tensó—. Me había olvidado de que mis padres celebran su trigésimo quinto aniversario de bodas, y de que Cleo ha organizado
una pequeña cena familiar.

«¡Qué apropiado!», se dijo Michele, irónica. Pero
detrás de aquella reacción burlona, se escondía el dolor. Demasiado dolor. «¡Oh, Michele!», se recriminó,
«¡qué tonta has sido!»

—¿Y bien? —preguntó con tono cortante.

—Solo quería advertírtelo —explicó, algo sorprendido por su tono—. Pensé que quizá quisieras comprarte algo nuevo para lucirlo allí. Mi madre se pondrá todas sus galas. Y Cleo también, supongo. El
vestido azul que llevaste a la boda podría estar muy
bien, pero pensé que tal vez no te gustaría ponértelo
otra vez porque Cleo ya te vio con él. Sé cómo sois
las mujeres con esas cosas.

La inmensa alegría que embargó a Michele por el
deseo que Tyler tenía de que lo acompañara, se vio
ensombrecida por la perspectiva de pasar una velada
intentando competir en elegancia con su madre y su
hermana. Se había gastado una fortuna en el vestido
azul, y no estaba en condiciones de comprarse otro.

—Quizá deberías ir solo, Tyler —le dijo, intentando
adoptar un tono razonable—. Quiero decir que... Cleo
no se pondrá muy contenta de verme, y no sé cómo
reaccionará tu madre tampoco. Llámame engreída, si
quieres, pero solo me gusta ir a los sitios donde sé
que seré bien recibida —como al otro lado de la línea

siguió un ominoso silencio, Michele preguntó–: ¿Tyler?

–Te lo diré una vez más, Michele. No me importa lo que piense Cleo. Y en cuanto a mi madre, permíteme decirte que tus sospechas no pueden estar más equivocadas. Ella era una chica normal de clase media antes de casarse con mi padre. No te mirará con desprecio. Eso te lo garantizo.

Michele pudo haber incidido en el uso que había hecho del tiempo pasado. Tal vez su madre había sido una normal chica de clase media, pero treinta y cinco años casada con un hombre rico y poderoso debían de haberla hecho cambiar en algo. No la conocía personalmente, pero había tenido ocasión de verla en la graduación de Tyler y en alguna que otra fiesta más. Incluso de lejos, distaba mucho de ser «normal».

–Bueno, quizá –repuso Michele–. Pero sigue sin entusiasmarme la idea de gastarme el salario de un mes en otro vestido que solo podré llevar una vez. Al contrario que algunos afortunados, ¡todavía tengo que pagar los plazos de mi piso!

El nuevo silencio de Tyler la hizo sentirse culpable. ¿Estaría pecando de mezquina? ¡Tal vez, pero no podía evitarlo! Tyler tendría que conformarse. Y si no le gustaba tal como era... ¡sería mejor que cortara con ella cuanto antes!

Ignoró la molesta intuición de que tal vez estuviera comportándose deliberadamente de manera odiosa con él para que la expulsara de su vida. Y así evitarse futuros dilemas, decisiones o desastres.

–Irás conmigo –gruñó Tyler–. ¡Aunque tenga que comprarte yo mismo un maldito vestido!

–No, no tendrás que hacerlo –le espetó–. ¡Puede

que creas que lo puedes comprar todo en la vida, Tyler Garrison, pero no me comprarás a mí!

–Soy muy consciente de ello. Y no estoy intentando comprarte. Estoy intentando convencerte de que salgas conmigo el viernes por la noche. Maldita sea, ya es bastante duro tener que esperar hasta entonces para volver a verte. Sinceramente, no pensarás que podré esperar hasta la noche del sábado, ¿verdad?

Aquella confesión la dejó sin aliento. Hasta que se dio cuenta de que solo estaba hablando de sexo. Suponía que Tyler tendría dificultades para aguantar cinco días sin ejercitarlo. Aun así, su deseo por ella le suscitó una reacción inmediata, incontenible.

–Podrías pasarte esta noche por mi apartamento... –le propuso con voz ronca.

–Podría. Pero no podría pasar suficiente tiempo allí...Ya te lo dije... durante toda esta semana, estaré trabajando día y noche. Y ahora, dime que saldrás conmigo el viernes por la noche.

–Me atrevo a afirmarlo –rio ella.

–¡Michele! ¡Estoy impresionado! –bromeó.

–No, no lo estás. No estás nada impresionado –sonrió, algo reacia–. Eres una especie de fuerza corruptora, Tyler Garrison. Y estás demasiado acostumbrado a salirte con la tuya en lo que a las mujeres se refiere.

–¿Irás conmigo a la fiesta del aniversario de bodas de mis padres?

–Supongo que sí. ¿A qué hora?

–Te recogeré a las siete.

–¿Y qué crees que debería ponerme?

–¡Lo menos posible!

Capítulo 10

ESTÁS segura de que no te importa prestarme el vestido? –inquirió Michele mientras tomaba el vestido color rojo vino y se lo ponía delante, girándose para ver cómo le quedaba en el espejo del dormitorio de Lucille.

Era lunes por la tarde, y Michele había llamado a la puerta de Lucille después de cenar para preguntarle dónde podría encontrar algo adecuado para una cena de categoría. Después de hacerle unas cuantas preguntas, Lucille había insistido en que tenía un vestido muy conveniente para la ocasión, y la había invitado a pasar para que lo viera.

El vestido ciertamente tenía estilo. Era de cuello amplio, largas y ajustadas mangas y un gran escote en la espalda. Lucille la contemplaba satisfecha, sentada en el borde de la cama.

–No pensaba ponérmelo más. Lo vi a finales del año pasado, y como estaba rebajado, decidí llevármelo. Pero después de estrenarlo, y de pasarme toda una noche espantando hombres, decidí no volvérmelo a poner hasta haber perdido al menos cinco kilos. Lo cual, sencillamente, nunca va a suceder. Me gustan demasiado los donuts. Puedes quedártelo, si lo quieres.

–¡Oh, no! No puedo consentirlo. Debió de costarte muchísimo, a pesar de la rebaja. Déjame pagártelo.

–Me niego. Es un regalo.

–¿Estás segura? –preguntó, emocionada.

–Claro que estoy segura. Estás divina con él. Dejarás anonadada a las Garrison. No se atreverán a mirarte con altivez luciendo un vestido como ese, te lo puedo asegurar. Ponte esos zapatos negros que te compraste para la boda y serás la reina de la fiesta. Además de que volverás a acostarte con el hijo y heredero de la familia en un santiamén. Porque supongo que no será otro el motivo de tu asistencia al evento... –añadió con tono firme–. Pero no te olvides de que es el sexo lo único que está en juego aquí, Michele. Casanova no te va a llevar a conocer a su papá y a su mamá porque esté pensando en declararse. Las únicas declaraciones que hacen los hombres como él están destinadas a tumbar a las mujeres de espaldas y a mantenerlas en esa posición.

Michele sabía que Lucille tenía razón. Pero todavía le resultaba deprimente escuchar de sus labios la verdad sobre su relación. De pronto Lucille ladeó la cabeza y la miró frunciendo el ceño.

–¿Qué es lo que pasa ahora? –suspiró Michele.

–¡Los pendientes! –exclamó, levantándose de la cama–. Con ese vestido, necesitas unos pendientes largos. Tengo unos de cristal negro que resultarían perfectos... aunque esos sí que los quiero con vuelta... Oh, y necesitas volver a la misma peluquería para que te rehagan el peinado.

–¿Cuándo terminará todo esto?

Esa era la pregunta que continuó haciéndose durante el resto de la semana. Y también mientras se vestía, la tarde del viernes. Pero cuando contempló el producto final en el espejo, se encontró ante una desconocida terriblemente sexy que irradiaba un estilo y un grado de elegancia inusitados. El vestido azul era precioso... ¡pero aquel era sencillamente fenomenal! Se calzó sus zapatos negros y dio un círculo completo, maravillándose de la forma en que la tela flotaba en torno a su cuerpo, despidiendo reflejos.

De pronto sonó el timbre del portal. Todavía eran las siete menos diez. Tyler se presentaba antes de tiempo. Eso sí se trataba de Tyler. Repentinamente se vio asaltada por el horrible pensamiento de que pudiera ser Kevin, lo cual era absurdo, ya que probablemente seguiría de luna de miel.

Pero la sospecha persistió mientras se dirigía a abrir. Su mano se detuvo por un segundo antes de pulsar el botón.

–¿Quién es? –preguntó.

–Un hombre muy impaciente –respondió Tyler, y Michele no pudo disimular un suspiro de alivio–. Ya he terminado de una vez con esa maldita revista y he venido en busca de un poco de descanso y distracción.

«Gracias al cielo», musitó Michele mientras apretaba el botón de apertura, antes de volver al dormitorio para recoger su bolso. Se estaba perfumando cuando llamaron a la puerta.

–Llegas temprano –le dijo nada más abrirle.

La admiración que se reflejó en la mirada de Tyler no pudo resultar más gratificante. Él también tenía un magnífico aspecto. Vestido de chaqué estaba espléndido, pero con aquel traje gris de sport y aquella camisa azul de cuello abierto lo estaba todavía más. ¡Ignoraba cómo podría contenerse para no tocarlo hasta que terminara la cena!

Tyler sacudió la cabeza, mirándola con una expresión mezclada de reproche y diversión.

–Eres una chica muy mala...

–¿Qué quieres decir? –Michele levantó la barbilla.

–Lo sabes perfectamente. Antes de llegar aquí, ya venía con la lengua fuera. Pero eso no es nada comparado con lo que sentiré después de pasarme toda la velada viéndote con eso puesto. Supongo que no te prestarás a que nos entretengamos un poquito antes de salir, ¿verdad?

Michele no solo consideró la posibilidad, sino que se dejó tentar seriamente por ella. Pero el orgullo acudió en su rescate. Junto con su inveterado hábito de no decirle nunca sí a Tyler de principio.

–¿Y echar a perder un peinado de cien dólares? Por no hablar del vestido.

Tyler la inspeccionó nuevamente, más de cerca en esa ocasión.

–Apuesto a que el vestido te ha costado bastante más.

–La verdad es que me ha salido gratis. Me lo ha regalado Lucille.

–¿Lucille?

–Mi vecina. Y una gran amiga. Los pendientes también son suyos, así que si piensas que me he gastado una fortuna en intentar impresionar a los Garrison... ¡no puedes estar más equivocado!

–Que el cielo me perdone si he llegado a pensar tal cosa –repuso Tyler–. Bueno, te sugiero que te lleves algo más para ponértelo por la mañana –al ver que lo miraba asombrada, le explicó–: Supongo que no tendrás objeción alguna a quedarte esta vez a pasar la noche en mi casa. Me gustaría tomar un poco de vino durante la cena, y nunca bebo antes de conducir.

–En ese caso sujétame el bolso mientras busco algo que llevarme –Michele no estaba dispuesta a discutir. Pasar aquella noche en la casa de Tyler era exactamente lo que deseaba hacer, pero tampoco quería ponérselo tan fácil. Y cedió a una vieja costumbre: la de molestarlo un poco–. Y me llevaré mi cepillo de dientes –añadió, volviendo con una bolsa de plástico que contenía una muda de ropa y algunos artículos de aseo–. Supongo que estarás provisto de cosas como esas para tus imprevistas visitas nocturnas, pero prefiero usar el mío.

–Michele... –pronunció él con tono acusador.

–¿Sí, Tyler?

–Tienes una idea equivocada sobre mí.

–No, no la tengo, Tyler. Tengo una idea acertada.

–Quizá antes sí fuera así. Pero ahora no.

–Un leopardo no puede cambiar sus manchas.

–En primer lugar, podría ser que las manchas fueran falsas y estuvieran pintadas.

–¿Cómo?

–¡Oh, no importa! Vamos, no quiero discutir. Llevo toda la semana esperando que llegue esta noche.

De repente Michele sintió una punzada de culpabilidad por haber intentado causar enojo. Quizá no pudiera cambiar, pero en cualquier caso había sido sincero con ella. Lo menos que podía hacer era corresponder con la misma sinceridad.

–Yo también –admitió con un suspiro.

Por mucho que dudara de la capacidad de Tyler para mantener una relación íntima con cualquier mujer, no podía dudar de que el deseo que sentía por ella se estaba reflejando en sus ojos en aquel instante.

–Te he deseado –musitó él–. Te he deseado desesperadamente.

–Yo he sentido lo mismo –le confesó Michele–. Ni siquiera podía concentrarme en el trabajo.

–Esta condenada cena va a ser un infierno.

–Nos imprimirá carácter, al menos.

–¡Carácter! ¡No hay nada malo con nuestros caracteres!

–Eso es una cuestión de opiniones –replicó ella–. Piensa en los postres, entonces. Eso habitualmente te pone de buen humor.

–El único postre que me apetece es una morena dulce y muy sexy.

–Tú... tú... –pronunció ruborizada–... tienes que dejar de decirme esas cosas.

–Te afectan, ¿verdad? –sonrió Tyler.

–Me niego a que me corrompas más –repuso con altivez mientras su imaginación echaba a volar.

–Todavía disponemos de al menos cinco minutos antes de que tengamos que salir –le sugirió, malicioso–. Te prometo que no te estropearé el peinado ni te arrugaré el vestido. Ni siquiera tendrás que quitarte los zapatos.

–¡Fuera! –le ordenó, golpeándole con la bolsa de plástico. Y siguió golpeándolo mientras bajaban las escaleras.

Capítulo 11

LA MANSIÓN de los Garrison estaba situada en el lujoso barrio residencial de Point Piper. Se hallaba rodeada por un alto muro de seguridad con puertas controladas electrónicamente, a través de una de las cuales Tyler entraba veinte minutos después. No siguió, sin embargo, el recorrido circular del sendero de grava que desembocaba en el pórtico de columnas de mármol, sino que se dirigió directamente hacia el pequeño aparcamiento situado en un lateral de la casa. Después de abrir las puertas con su mando a distancia, aparcó el coche entre dos deportivos.

—¿Ese es el coche de Cleo? —le preguntó Michele, señalando otro deportivo de color azul plateado aparcado cerca del muro. Tenía un guardabarros abollado y un gran arañazo en una puerta.

—Sí —confirmó Tyler—. Nunca aparco cerca del suyo. Conduce como una loca.

—Al contrario que su hermano, que conduce con exquisita precaución —se burló ella—. ¿O es que acaso te has reformado?

—Por supuesto. Ahora soy un hombre nuevo —repuso—. El leopardo sin sus manchas, acuérdate.

—Vaya. Estoy impresionada.

—Eso esperaba.

– Bueno, ¿voy a dejar mis cosas aquí o las metemos ahora mismo en tu casa? –preguntó, ya que se encontraba muy cerca de allí la casa flotante en la que vivía Tyler.

–Mejor déjalas en el coche –respondió él, con los ojos brillantes–. Si te instalas ahora en mi casa, me temo que no podría confiar demasiado en mí mismo...

Michele se echó a reír, a pesar de la inquietud que sentía. Una vez más se preguntó si el sexo sería la única razón por la que Tyler estaba saliendo con ella, y si toda esa cháchara acerca de los leopardos no era más que eso... una cháchara. A Tyler siempre le había gustado gastarle bromas, siempre había disfrutado llevándole la contraria una vez que ella expresaba una opinión. Si Michele decía que algo era blanco, él comenzaba una discusión pretendiendo que era negro. Si ella lo acusaba de ser frívolo, él replicaba diciendo que era profundo. Ahora se daba cuenta de que, a través de aquellas discusiones, habían llegado a desarrollar una relación especial. Se habían estimulado intelectualmente de manera recíproca. Y muchas veces ella había querido convertir aquel contacto verbal en físico, como cuando pocos minutos antes lo había golpeado en su apartamento con la bolsa de plástico.

En ocasiones la urgencia de golpearlo había sido muy intensa... Y en aquel momento no pudo evitar preguntarse si no se habría reducido todo a buscar excusas, cualquier excusa posible, para tocarlo.

¿Era por eso por lo que había accedido a salir con él? ¿Para satisfacer por fin un deseo que había permanecido en un latente estado de frustración durante una década?

–Tyler –pronunció, rumiando sus pensamientos.

–Oh…Oh. No sé por qué, pero hay algo que no me ha gustado en ese tono...

–Solo estaba pensando en que no tiene sentido que sigamos fingiendo. Quiero decir que... ya no estamos en la boda de Kevin.

Michele no estaba preparada para la oleada de furia que vio brillar en sus ojos.

–Creí que te había dejado claro que no estoy fingiendo contigo. Dios mío, Michele, yo...

–No, no –lo interrumpió mientras cerraba la puerta del coche–. No me has entendido. No era eso lo que quería decir –rodeó el vehículo para reunirse con Tyler, que parecía sinceramente exasperado–. Mira –empezó otra vez, escogiendo con mayor cuidado sus palabras–. A pesar de todo, siempre hemos sinceros el uno con el otro. Bueno, tú me has llamado ilusa y tonta a la cara, y yo te he llamado... oh, Dios sabe cuántas cosas. Y probablemente ambos teníamos razón. ¿Pero se te ha ocurrido pensar que al menos una parte de mi brutal candor pudo estar motivado por algo distinto de la honestidad? Me dijiste que hacía años que querías acostarte conmigo. Quizá me pasara a mí algo parecido. Quizá todo hubiera empezado en nuestros primeros días en la universidad. Y quizá lo que pretendía en aquel entonces no era tanto hacer la guerra contigo... como hacer el amor.

Lo había dejado impresionado; podía verlo en sus ojos. Se había expresado mal, como si durante todo ese tiempo hubiera estado sufriendo de una especie de pasión no correspondida, algo que a buen seguro a un hombre como Tyler no le habría gustado oír de labios de ninguna chica. Probablemente en aquel instante estaba esperando a que ella le declararse su más rendido amor, y Michele se sintió horrorizada con aquella perspectiva. Aterrada de que pudiera abandonarla antes de que terminara aquella noche, forzó una sonrisa y se apresuró a añadir:

—Qué tonta soy.No me refería tanto a hacer el amor como a tener relaciones sexuales —empezó a alisarle las solapas de la chaqueta, con gesto distraído— . ¿Cómo podría querer hacer el amor contigo en aquel entonces cuando estaba enamorada de Kevin? Pero tú ya sabes lo que quiero decir, Tyler. El sexo es algo enteramente distinto del amor. Y eso es algo que llevo descubriendo desde el último fin de semana...

De pronto Tyler le sujetó las manos y se las apartó.

—¡Las cosas son así! —exclamó ella—. No hay necesidad de que te molestes tanto. Las mujeres también tenemos nuestras debilidades carnales, no siempre dominadas por nuestra conciencia o por nuestro sentido común. Estoy segura de que es perfectamente posible para una mujer amar a un hombre y desear a otro. Y enfrentémonos a la realidad, Tyler, tú eres un hombre muy atractivo. Bajo mi aparente hostilidad hacia ti, siempre he sido consciente de eso —pensó que, una vez que cediera la furia de Tyler, se dedicaría a la tarea de encontrar una respuesta a la pregunta que la había asaltado durante toda aquella semana—. Ahora me doy cuenta de que nunca habría sido una mujer normal si no me hubiera sentido secretamente atraída hacia ti desde hace años. Por supuesto, eso no explica por qué tú también te sentías atraído por mí, dada tu afición a las mujeres perfectas. ¿Puedes decirme cuál era el motivo? ¿El hecho de que fuera una fruta prohibida, dado que era la novia de Kevin? ¿O que simplemente fuera una especie de desafío, debido a que no había caído de rodillas ante ti nada más verte? Kevin creía que tu vanidad masculina podía tener algo que ver en ello, ya que yo no soy una mujer despampanante.

No había querido sacar a colación a Kevin. Simplemente había querido saber la verdad. Pero, como siempre le sucedía con Tyler, había hablado más de la cuenta. Ni siquiera sabía lo que quería oír de sus labios. Avergonzada, ya se disponía a murmurar una disculpa cuando Tyler le soltó bruscamente las manos para agarrarla de los hombros. La atrajo con violencia hacia sí pero no llegó a besarla, como ella llegó a pensar que pretendía hacer: sencillamente esbozó una fría sonrisa que le provocó un escalofrío.

—Crees que me conoces, ¿verdad? —le dijo con un tono de sutil amenaza—. No tienes ni idea. Ni idea. En cuanto a la opinión de Kevin... te agradezco que hayas hablado con él de mi carácter y motivaciones. Aunque, sí, tengo que admitir que mi vanidad juega algún papel en todo esto. Al igual que la tuya. Porque tú también tienes un ego enorme, cariño. No te gusta perder en nada. Por eso siempre te las arreglabas para que Kevin volviera contigo.

Michele sabía que había alguna verdad en lo que él le estaba diciendo. Pero le dolía la manera en que se lo estaba diciendo. Le dolía mucho.

—Entonces, ¿qué es lo que quieres que te diga, Michele? ¿Que me enamoré de ti nada más verte? ¿Que he estado suspirando por tu compañía, dentro y fuera de la cama, durante diez años enteros? ¿Que aceptaba tus insultos solamente porque estaba obsesionado contigo?

Aquella burla le estaba haciendo más daño que sus dedos clavándose en sus hombros.

–No creo que esa fuera la respuesta adecuada –replicó furiosa, desaparecida la vergüenza que había sentido.

–No hay ninguna repuesta adecuada, cariño. Solo una inadecuada. El hecho es que quería tener sexo contigo desde el primer día que te vi. Sí, me contrariaba muchísimo que me ignoraras. Y sí, me irritaba verte siempre tan acarameladita con Kevin. ¡Y sí, me irritaba también ver cómo siempre volvías con él!

–Entonces, ¿por qué no hiciste ningún intento por acercarte a mí durante las numerosas veces que Kevin y yo cortamos? –lo desafió ella.

–Porque sabía que aún no habías terminado con él y no quería arriesgarme a que me dejaras tirado.

–Entonces no tenías tantas ganas de tener sexo conmigo, ¿verdad? Te he visto en acción cuando te pones en plan seductor, y la verdad es que eres irresistible.

–Muy halagador por tu parte. Me veo obligado a admitir, sin embargo, que por entonces tener relaciones sexuales contigo no era la máxima prioridad de mi vida.

–Oooh... –la cara le ardía de una mezcla de dolor y humillación, mientras forcejeaba para liberarse–. Maldito seas –cuando levantó una mano para abofetearlo, él se la interceptó en el aire.

–Pero eso fue antes del último fin de semana –musitó Tyler mientras la acorralaba contra el coche, inmovilizándola con su cuerpo–. Ahora, tener sexo contigo corre el riesgo de convertirse en algo más que mi máxima prioridad. Sospecho que está a punto de convertirse en una necesidad. Voy a necesitarlo tanto como necesito comer, o beber agua, o respirar. Vivir. Dios mío, Michele...

Su beso estuvo más allá de toda avidez, de cualquier cosa que Michele hubiera experimentado antes. Era una excitación que trascendía el plano físico, porque explotaba la necesidad que tenía de sentirse necesitada.

Mientras que la necesidad de Tyler era puramente sexual, la suya era más poderosa que cualquier experiencia que hubiese tenido con Kevin. Era algo que reclamaba la mujer primaria que habitaba en ella. Arqueó automáticamente la espalda mientras apretaba su senos contra su pecho, echando hacia atrás la cabeza en una actitud de erótica sumisión. Tyler gruñó, y luego musitó algo ininteligible contra sus labios, antes de apartarse bruscamente.

Michele emitió un gemido de protesta. Pero Tyler no la había abandonado. Su boca simplemente había elegido otro objetivo: su cuello. Apoyando la cabeza en el techo del coche, gimió de nuevo cuando él empezó a lamerle la sensible piel. En el momento en que Tyler la soltó bruscamente, tuvo que sujetarse como pudo para no caer al suelo, de lo débiles que sentía las piernas. Entonces sus manos libres empezaron a acariciarle las caderas, levantándole la falda más allá de las rodillas, de los muslos...

Michele sabía lo que Tyler pretendía, pero no le importaba. No le importaba nada que no fuera darle lo que él tanto quería. Y lo que quería ella también.

El sonido de una puerta al abrirse fue seguido de un absoluto y sobrecogedor silencio. Las manos y los labios de Tyler se detuvieron al escuchar aquel sonido... al igual que el corazón de Michele. Si no hubiera tenido los ojos cerrados, los habría cerrado en aquel preciso momento.

Al abrirlos, vio a Cleo en el umbral contemplando

al escena que se estaba desarrollando ante ella. Estaba muy elegante con sus pantalones de seda azul pálido y su camisola color crema. Se había recogido el cabello rubio en un estilo algo severo que destacaba sus perfectos rasgos. Al fin dijo en el tono más cáustico y frío posible:

–Detesto tener que interrumpir, hermano querido, pero mamá ya se estaba preguntando por qué no entrabas de una vez. ¿Tengo que decirle que todavía te retrasarás un poquito más?

Michele habría querido morirse en aquel preciso instante. Avergonzada y estremecida, se bajó la falda del vestido mientras se apartaba del coche.

–No seas tan hipócrita, Cleo –se encaró Tyler con su hermana–. Yo te he visto a ti en situaciones peores. Como llevaba toda la semana sin ver a Michele, esto ha sido algo perfectamente natural. Perdona, cariño –se dirigió a la todavía temblorosa Michele, sonriendo y deslizando un brazo por su cintura–. Adelante, Cleo. Te seguimos.

–Pero, con ese aspecto, Michele no puede reunirse con nuestros padres –protestó Cleo antes de que Tyler diera un solo paso.

–¿Con qué aspecto? Está preciosa.

–¡En el cuello tiene la marca de un mordisco del tamaño de Texas!

Ruborizada, Michele levantó una mano para taparse la marca ofensora.

–Mmmm –Tyler la examinó con atención–. ¿Llevas algo de maquillaje? –inquirió con tono suave.

–Solo una barra de labios... está en el coche.

–No creo que la necesites. El carmín está bien. Lo siento –susurró, mirándola compungido.

–Oh, por el amor de Dios... tengo maquillaje en

mi habitación, así que podríamos disimularlo bien –le propuso Cleo, impaciente–. Michele, ven conmigo. Tyler, déjate de arrumacos y ve al salón. Papá está sometiendo al pobre Hugh a un verdadero interrogatorio, y mamá está empezando a ponerse nerviosa.

–Haz lo que dice –musitó Tyler al oído de Michele–. Por el aspecto de tu garganta, parece como si acabaras de tener un encuentro con Drácula.

Aunque todavía avergonzada, ya se le había pasado el enfado con Tyler; no podía ser de otra manera cuando estaba siendo tan solícito con ella...

–¿Estás seguro de que no tienes algún ataúd oculto en tu casa flotante? –murmuró.

–Has descubierto mi secreto –rio él–. Y ahora, vete con Cleo que yo voy a intentar rescatar al pobre Hugh.

–¿Quién es el pobre Hugh? –le preguntó Michele a Cleo mientras entraba en la casa y la seguía por una estrecha escalera.

–Es el hombre con quien estoy pensando en casarme. Pero ahora no estoy tan segura, dado el patético espectáculo que ha dado esta tarde –añadió, mordaz–. No hay nada que me apague tanto como que mis novios no mantengan el tipo delante de mi padre. Ya estamos... –para entonces habían llegado a un pasillo elevado y Cleo abrió una puerta a la derecha, invitándola a pasar.

Aquel dormitorio no se parecía en nada al que había imaginado Michele. Lejos de estar decorada con un estilo moderno, como lo era su ocupante, era una habitación dulcemente femenina, pintada en blanco y rosa. La cama era de dosel, blanca. Unas fotografías enmarcadas en plata, en la que aparecía Cleo a todas las edades, colgaban de las paredes a cada lado del lecho.

–Lo sé –pronunció secamente la joven al ver la asombrada expresión de Michele–. Es horrible, ¿verdad? Mi madre me la decoró cuando cumplí diez años y la he detestado desde entonces. Pero no tuve corazón para decírselo. Le dije que era la habitación que siempre había deseado tener desde que era pequeña, y que nunca había tenido. Y la abracé confesándole que la quería con locura. Y ahora no la cambiaría por nada del mundo. Me recuerda mi infancia, lo muy feliz que fui entonces, antes de que los problemas de la edad adulta lo estropearan todo.

Michele no podía estar más sorprendida, tanto por los sentimientos que acababa de expresarle como por el brillo de emoción que vislumbró en sus ojos cuando le habló de su madre y de su infancia. ¿Quién habría pensado que detrás de aquella fría altivez se escondiera un alma tan sensible?

Repentinamente consciente de la fijeza con que la estaba mirando Michele, Cleo se puso su máscara de nuevo.

–Ahora que ya estamos solas, hay algo que quiero decirte.

–¿Ah, sí? ¿Y qué es? –Michele se tensó, sabiendo que aquello no iba a resultarle muy agradable.

–Tyler me ha dejado muy claro que vuestra relación no me concierne en absoluto, pero quiero advertirte de que si le haces daño a mi hermano, yo te...

–¿Hacerle daño a Tyler? –la interrumpió Michele, estupefacta–. ¿Cómo podría yo hacerle daño a Tyler? Creo que más bien sería al contrario, ¿no te parece? Es Tyler quien tiene la reputación de rompecorazones, no yo. Será él quien de por terminada antes nuestra relación.

–Lo dudo mucho –repuso fríamente Cleo.

–¿Y eso qué quiere decir?

–Nada –musitó, girando sobre sus talones y acercándose al tocador, en uno de cuyos cajones empezó a buscar algo–. Ya he hablado demasiado.

–Desde luego que sí. Lo que tu hermano y yo hagamos no es asunto tuyo, como tan acertadamente ha señalado él. Pero yo tengo una pregunta que hacerte: ¿qué es lo que te he hecho yo para no caerte bien? Porque nunca te he caído bien, ni siquiera cuando era novia de Kevin.

Claro se volvió hacia ella, con una base de maquillaje en la mano.

–¿De verdad quieres saberlo?

–Sí. Quiero saberlo.

–Bien, para empezar, me fastidiaba que nunca te molestaras en vestirte adecuadamente para asistir a las fiestas que daba Tyler, ni siquiera a las más formales que tuvieron lugar en esta casa. Aparecías con cualquier cosa. Nunca hiciste el menor esfuerzo en ese sentido. Pero veo que todo eso ha cambiado ahora, a juzgar por tu vestido y tu peinado. Lo que quiere decir que tu objetivo también ha cambiado, ¿verdad?

–¿Mi... objetivo?

–Oh, no te hagas la inocente conmigo. Eres una chica lista. Sabes a lo que me refiero. Has decidido echarle el lazo a Tyler. Y yo todavía no sé si piensas casarte con mi hermano movida por una fría ambición... o para vengarte de que tu querido Kevin te haya dejado tirada por Danni.

Michele la miró estupefacta y boquiabierta durante unos segundos.

–Dios mío, ¿se puede saber quién te crees que eres para insultarme de esa manera? Cuando me case, si es que algún día llego a hacerlo, lo haré porque esté enamorada de mi futuro marido, y no por dinero ni por venganza. ¡Quizá las chicas como tú se casen por razones distintas del verdadero amor, pero yo no! Mira, olvídate del maquillaje. ¡Yo me marcho de aquí!

–¡No, no puedes irte! –exclamó Cleo, repentinamente aterrada–. ¡Tyler me matará!

–Pues entonces tendrás un gran problema, porque si no me voy ahora, creo que sería capaz de matarte yo misma. Así que, si quieres que me quede, te sugiero que te disculpes sinceramente y me prometas que te comportarás de una manera muy pero que muy educada conmigo durante el resto de la noche.

Los ojos azules de Cleo brillaron por un instante antes de aceptar resignadamente su derrota.

–Lo siento. Ha sido una descortesía por mi parte. Es solo que...

–¿Que qué?

–Nada –musitó, recogiendo la base de maquillaje–. Vamos a ver qué podemos hacer con tu cuello...

Michele permaneció inmóvil mientras Cleo intentaba disimularle el mordisco.

–¿Qué le habrá podido pasar a Tyler para haberte mordido así justo antes de presentarte a mis padres? –preguntó irritada Cleo, en un murmullo.

–No creo que el amor tenga mucho que ver en ello –respondió irónicamente Michele–. Es por eso por lo que no tienes ninguna necesidad de preocuparte. Sinceramente, creía que conocías mejor a tu hermano. A pesar de lo que pienses de mí y de mis motivaciones, el matrimonio no figura en la agenda de

Tyler. Lo único que él quiere de mí, Cleo, es lo que viste hace un momento. Como te dije antes, si alguien va a resultar herido en esta aventura, seré yo, no Tyler.

Cleo levantó la cabeza para mirarla con el ceño fruncido.

—¿Me estás diciendo que lo quieres de verdad?

—Más de lo que debería. Pero no se lo digas.

—¿Por qué no? —le preguntó, y Michele se echó a reír.

—Porque mi amor por él es lo último que desea. Dios mío, Cleo, no conoces nada bien a tu hermano, ¿verdad? Date prisa. Si no bajamos ahora Tyler subirá a buscarnos, y no creo que eso te gustara, ¿verdad?

Capítulo 12

CLEO guio a Michele escaleras abajo, hasta llegar a un gran salón que jamás había visto antes, ya que su acceso siempre había estado vedado durante las fiestas que solía organizar Tyler. Nada más entrar y mirar a su alrededor, comprendió el motivo. Estaba lleno de sofás y sillas ricamente tapizados, y mesas bajas con delicadas esculturas y porcelanas. Una enorme chimenea dominaba la pared opuesta a la de la doble puerta de entrada. Tyler y el joven moreno con aspecto de yuppie que había acompañado a Cleo en la boda de Kevin se encontraban apoyados a ambos lados de la repisa de la chimenea.

El «pobre» Hugh parecía algo nervioso mientras agitaba su copa, haciendo tintinear los hielos. Tyler estaba más relajado, saboreando tranquilamente su escocés. El señor Garrison se encontraba ante el armario de las bebidas, situado en una esquina de la sala, preparándose un combinado. Su esposa se hallaba sentada en uno de los extremos del sofá, con una copa de martini. A primera vista Michele no pudo identificar la marca de su vestido, pero sabía que, además de sentarle magníficamente, debía de haberle costado una fortuna. Y eran diamantes de verdad las piedras que brillaban tanto en su collar como en sus pendientes.

De inmediato Tyler fulminó con la mirada a su hermana, pero su expresión se dulcificó al posar la mirada en Michele. Su cálida sonrisa no pudo conmoverla más. No le importaba que fuera el hermano playboy de Cleo. Había hecho precisamente aquello que Lucille le había aconsejado que no hiciera: ¡se había enamorado de él! Pero ni siquiera dispuso de tiempo para sentirse consternada por aquel descubrimiento.

–¡Al fin te conocemos! –exclamó en aquel instante la señora Garrison con un tono de voz absolutamente normal, tan distinto del acento de niña de alta sociedad de Cleo–. Acércate, Michele, y siéntate a mi lado. Quiero saber cómo es que nunca antes he hablado contigo a pesar de que, según Tyler, durante años has estado viniendo a las fiestas que solía dar en esta casa –palmeó el cojín que estaba a su lado y sonrió a Michele que, contra todo pronóstico, encontraba encantadora a aquella mujer.

–Voy a ver si se necesita algo con el catering –se disculpó en aquel instante Cleo, antes de abandonar la habitación.

–¿Sabes, querida? Tengo que confesarte que ni siquiera te reconozco –pronunció la madre de Tyler con dulce timidez–. Lo cual es sencillamente terrible. Tengo una memoria horrible para los nombres y las caras, ¿verdad, Tyler? Sírvele a Michele una copa, ¿quieres, cariño? Tú ya conocerás sus gustos.

–Champán es lo que siempre prefiere –dijo él con un brillo malicioso en los ojos, yendo a reunirse con su padre frente al armario de las bebidas.

Michele lo observó con expresión de adoración, preguntándose cómo había conseguido aquel hombre cautivar su corazón sin que ella misma se diera cuenta. Podía comprender el deseo que sentía por él, pero el amor... ¿de dónde procedía? Después de todos los años que habían pasado juntos, había esperado que a esas alturas aún seguiría enamorada de Kevin.

Pero el disgusto no tardó en unirse a su irritación. ¿Cómo se había atrevido Tyler a encandilarla cuando él no quería su amor? Y cuando ella misma tampoco lo quería. Ella solo había querido divertirse durante una temporada, como él le había prometido, sin pensar ni en el pasado ni en el futuro, sin pensar en nada. Había querido simplemente flotar a nivel emocional, mientras su destrozado corazón se curaba de sus heridas, disfrutando de nada más que del momento y, sí, también del sexo...

Y ahora... ahora tenía que enfrentarse a un último dolor causado por otro fracaso en su vida, por otra desafortunada decisión, por otro lamentable desastre. ¿Qué era lo que Lucille le había dicho el otro día? Algo acerca de que Tyler era una persona inolvidable...

Michele posó nuevamente los ojos en Tyler y el corazón estuvo a punto de estallarle de emoción en el pecho...

–Tyler nos ha dicho que trabajas de publicista –le estaba diciendo en aquel instante su madre–. Y en un alto puesto de responsabilidad. Debes de ser muy inteligente.

–Más que eso, mamá –Tyler se incorporó a la conversación mientras le entregaba a Michele una copa de champán–. La otra noche me ganó en un concurso televisivo de preguntas, uno de nuestros preferidos.

–¿Y por qué te sorprendes? –replicó su madre–. Por mucho que te lo creas, no te lo sabes todo.

–No te preocupes –se echó a reír–. No me ganará una segunda vez. He estado practicando –y le hizo un guiño de complicidad.

El pensamiento de jugar a más juegos de cualquier tipo con Tyler le provocó tal sensación de dolor que estuvo a punto de gemir en voz alta. Su instinto de supervivencia le gritaba que pusiera fin a esa situación y se marchara de allí, pero el amor siempre había constituido su gran debilidad. Así que se quedó donde estaba, sonriendo. Sonriendo hasta que le dolieron los labios.

Perversamente, durante las siguientes horas descubrió que el matrimonio Garrison no solo era una pareja amabilísima, sino también unos padres maravillosos, que trataban con exquisito respeto y cariño tanto a Cleo como a Tyler. Era por eso por lo que el pobre Hugh había tenido que pasar por un interrogatorio: porque habían querido asegurarse de que deseaba sinceramente casarse con su hija. Michele los entendía perfectamente. Por fortuna, Hugh consiguió recuperarse durante el primer plato de la cena, y se defendió bastante bien. Y por primera vez en toda la noche, Cleo empezó a mostrarse feliz y animada.

Michele sabía que a su padre no le importaba en absoluto con quien pudiera casarse, siempre y cuando no volviera nunca más a casa. Recordaba bien su mal disimulado alivio cuando se marchó de la casa familiar tan pronto como terminó sus estudios y pudo ganarse la vida. Por el contrario, parecía como si el padre de Tyler no quisiera que sus hijos se marcharan nunca de allí. Era un hombre alto, de anchos hombros, con unos penetrantes ojos azules y un rostro de rasgos duros a la par que atractivos.

–Este chico mío ha hecho un trabajo muy brillante con esa revista –le comentó orgullosamente a Michele, durante los postres–. Dentro de unos años, no tendré problema alguno en jubilarme. Lo único que necesita para ser completamente feliz es una buena esposa.

Todas las miradas se concentraron en él, sin descontar la de Tyler, que dejó de comer su pastel de mango para mirarlo fijamente.

–De acuerdo, de acuerdo. Sé que no debería haber mencionado la palabra maldita. Pero no sería un padre normal si no quisiera verte fundando una familia propia. ¿Qué piensas tú, Michele? Tyler dice que hace unos diez años que sois buenos amigos, así que no te importará que te lo pregunte. ¿No crees que ya va siendo hora de que se case?

Michele tardó unos segundos en aquietar su acelerado corazón.

–Creo, señor Garrison –dijo con lo que esperaba fuera una voz pausada y tranquila– que Tyler ya pensará en casarse y tener hijos a su debido tiempo. Él siempre ha sabido lo que quiere en la vida, y no ha tenido problema alguno en conseguirlo. Cuando decida fundar una familia, estoy segura de que convencerá a alguna joven adorable de que convertirse en su esposa y ser la madre de sus hijos... es lo que ella quiere también.

–¡Bien dicho! –la felicitó la señora Garrison–. Tienes razón. Debí haber confiado más en el chico.

–El «chico» –rezongó Tyler– está sentado a esta mesa y puede hablar por sí mismo.

–¡Habla, entonces! –lo desafió su padre–. Cuéntanos tu opinión al respecto.

–Mi opinión sobre el matrimonio es más bien una reflexión acerca del motivo que nos ha reunido esta noche –se levantó, alzando su copa de vino; una de las muchas que había tomado, según había advertido Michele–. Voy a proponer un brindis que ilustrará lo que siento sobre este asunto. Por mis maravillosos padres, en su trigésimo quinto aniversario de boda. Sois un perfecto ejemplo de lo que debe ser un matrimonio, algo que debe estar basado en el amor, en el respeto mutuo, y en las metas compartidas. Hasta que yo encuentre todo eso con una mujer, no me atreveré a comprometerme en una unión tan difícil y exigente. Sería un desastre. Pero eso no me impedirá admirar a un hombre lo suficientemente afortunado como para haberse casado con su alma gemela, y que tiene el buen sentido de adorarla hasta el final de sus días. ¡Por mi padre, Richard, y por mi querida madre, Marion!

Michele se quedó mirando fijamente a Tyler, confundida y admirada por sus palabras. ¿Cómo podía un hombre con tan bellos sentimientos llevar una vida como la que llevaba? Aquello no tenía sentido. Se esforzó por encontrar una respuesta. Quizá simplemente nunca hubiera conocido a una mujer a quien pudiera llamar «su alma gemela».

Aunque tampoco se preocupaba mucho de hacerlo, pensó con cierta irritación. Se requería bastante más tiempo que unas cuantas semanas para llegar a conocer a alguien. Y conocer a alguien en el sentido bíblico no era precisamente lo mismo.

Michele sacudió la cabeza y desvió la mirada. ¿Era consciente Tyler de la familia tan maravillosa que tenía? ¡Debería ser capaz de demostrar al menos alguna profundidad emocional! Salir con una chica tras otra tan solo por disfrutar de la variedad era algo más bien propio de granujas.

Pero Tyler no era un granuja. ¡No lo era en absoluto! Quizá hubiera contraído tan terribles hábitos debido a que era guapo y rico, y eso hacía que las chicas cayeran rendidas a sus pies... «Como tú, querrás decir», fue el cáustico comentario que le hizo una voz interior.

–Y ahora, me gustaría proponer otro brindis –estaba diciendo Tyler.

Michele se esforzó por concentrarse en aquel momento, y no en la terrible decisión que se vería obligada a tomar al día siguiente por la mañana.

–Por Hugh –dijo, haciéndole un guiño a Cleo–, por haber aguantado tan bien la presión de esta noche.

Todos brindaron por Hugh, entre risas. Siguió luego un brindis por Cleo. Y por el proyecto de la revista de Tyler, momento en que Michele se dio cuenta de que el vino lo había afectado ya bastante. Su madre debía de haber llegado a la misma conclusión.

–Creo que será mejor que vayamos preparando una café bien cargado –comentó, irónica.

La cena llegó a un rápido final tras el café. Los padres de Tyler se retiraron a su habitación y Hugh se llevó a Cleo a algún club nocturno. Michele y Tyler fueron a recoger las cosas del coche y se dirigieron luego a la casa flotante.

Para entonces la noche era fresca y el cielo estaba tachonado de estrellas. Tyler deslizó un brazo por sus hombros, atrayéndola hacia sí mientras caminaban. Su ternura no pudo menos que deprimir a Michele, ya que sabía que estaba motivada por el deseo, y no por el amor. Valientemente, se prometió a sí misma no dejarse arrastrar por aquella sensación, al menos hasta que no hiciera lo que había decidido hacer al día siguiente. Dado que aquella iba a ser su última noche con Tyler, procuraría atesorarla en su memoria para siempre. Esa noche le haría el amor no solo con su cuerpo, sino con todo su corazón.

–Y bien, ¿qué te parece mi familia? –le preguntó Tyler mientras se detenía para abrir la casa y encendía las luces.

–Tus padres son maravillosos.

–¿Y Cleo?

–Está mejorando...

–Creo que estás empezando a caerle bien –le dijo, y Michele le lanzó una mirada escéptica–. No, hablo en serio. Te lo puedo asegurar. Leo los gestos de Cleo como si fuera un libro abierto.

–¿Importa eso acaso? –inquirió ella, incapaz de contener su irritación. Una vez que Tyler abrió la puerta, lo precedió al entrar y se detuvo en seco, asombrada–. ¡Dios mío! –exclamó–. ¡Qué diferente está de como la recordaba!

Era lo menos que podía decirse. Antes aquella casa había sido el epítome de la casa del soltero, con su máquina de discos, su mesa de billar y su gran barra de bar.

–¿Mejor? –le preguntó él.

–Mucho mejor –ahora era un lugar mucho más cómodo y acogedor, un lugar hecho para vivir, y no solamente para celebrar fiestas.

–Lo redecoré en Año Nuevo. Cleo me ayudó.

–Hizo un gran trabajo. Me encanta. ¿Y el piso de arriba? ¿También ha cambiado tanto?

Tyler tenía un dormitorio abuhardillado que antaño había albergado una enorme y decadente cama de agua con una cabecera negra lacada.

–Totalmente. Cleo donó los antiguos muebles a una organización benéfica.

–Déjame comprobarlo.

–Será un placer.

La tomó de la mano y la llevó al piso superior, donde Michele contempló asombrada aquel nuevo dormitorio de estilo rural, con su cama de madera y su edredón con diseños náuticos. La pared situada al pie de la cama era toda de cristal, desde el suelo hasta el techo, y ofrecía una espléndida vista de la bahía. No podía concebir nada más romántico que hacer el amor con Tyler en aquella habitación.

–¿Puedes apagar las luces?

–Claro. ¿Por qué?

–Hazlo.

Tyler lo hizo, y Michele suspiró de placer mientras contemplaba la vista. Aquello era el material del que estaban hechos sus más románticos sueños. Y sus recuerdos más imborrables.

Pero también los más terribles desastres. Tyler podía cambiar de coche, y de muebles. Pero no podía cambiar al hombre que llevaba dentro. Él era quien era, y era inútil esperar otra cosa.

«Pero no pienses en eso ahora, Michele», se ordenó. «Y haz simplemente lo que deseas hacer. Procura recordar esta noche para siempre». Con el corazón acelerado, se acercó a él y le deslizó lentamente la chaqueta por los hombros.

Cuando Tyler abrió la boca para hablar, ella le puso un dedo sobre los labios.

–Ssshh. Llevo toda la noche queriendo hacer esto –murmuró–. Y ya no puedo esperar más...

Capítulo 13

MICHELE se despertó y descubrió que Tyler no estaba a su lado. En un primer momento le pareció que la habitación estaba vacía. No lo habría visto sentado en la mecedora frente a la pared de cristal si, en aquel preciso momento, Tyler no hubiera apoyado su tazón de café en uno de sus brazos. Incluso entonces, solamente su mano derecha resultaba visible desde donde se encontraba.

Una mirada al reloj de la mesilla le reveló que todavía eran las cinco y cinco de la mañana. Las primeras luces del alba asomaban sobre la superficie del agua, imponiéndose gradualmente a la oscuridad de la noche.

—¿Tyler? —lo llamó suavemente—. ¿Qué estás haciendo levantado tan temprano? ¿Es que no puedes dormir?

—A menudo no puedo dormir.

El tono sombrío de su voz la sorprendió y preocupó a la vez.

—¿Pasa algo... malo?

—¿Malo? —repitió—. No. ¿Por que habría de pasar algo malo?

—No lo sé. Pero, desde luego, algo te pasa. ¿Por qué no vuelves a la cama y me lo cuentas?

—Sigue durmiendo, Michele.

–Pero...

–¡Sigue durmiendo, maldita sea! –le espetó.

Aunque consternada y dolida por su estallido de furia, Michele no podía hacer lo que acababa de ordenarle. Se levantó de la cama, envolviéndose en el edredón, y se sentó en cuclillas a un lado de la mecedora. Tyler seguía allí sentado, desnudo. Pero no era su cuerpo lo que atraía su atención en aquel momento, sino la torturada expresión de sus ojos. Nunca lo había visto así. Excepto aquella única vez, en el hospital.

–Tyler, cariño –musitó, apoyando una mano sobre su rodilla.

–¿Sí, Michele? –la miró y se echó a reír, sarcástico.

–¿Qué es lo que pasa? –insistió.

–Jamás podría explicártelo –suspiró, cansado–. Digamos que esperaba que las cosas pudieran cambiar. Pero ya veo que no es posible. Me he preparado mi propia cama, por así decirlo, y ahora tengo que yacer en ella.

–No sé lo que quieres decir... –pero tenía una idea bastante aproximada. Le estaba diciendo que no podía cambiar. Le estaba diciendo lo que era: un hombre que, por mucho que hubiera querido agradar a su padre siguiendo el convencional camino del matrimonio y los hijos, simplemente no podía llevar un estilo de vida que le aburría mortalmente.

–Estás afectado por lo que te dijo tu padre, ¿verdad? –cuando él la miró asombrado, añadió–. Sabes que eso no sería lo adecuado para ti. Y tienes razón, Tyler. El matrimonio sin amor sería una tremenda equivocación.

Su expresión le confirmó que había dado en el clavo.

–¿Y tú, Michele? ¿Crees que podrás casarte alguna vez?

–No –respondió, compungida–. No, no lo creo... –pensó que Lucille había tenido razón. A Kevin podría olvidarlo; ya lo había hecho, incluso. ¿Pero a Tyler? No, Tyler era inolvidable. Decidió no esperar más y cortar de una vez –. Yo... yo iba a decírtelo por la mañana. Pero creo que deberíamos volver a ser simplemente amigos.

–¿Por qué? ¿Es que nuestras relaciones sexuales no son lo suficientemente buenas?

–Sabes que sí. Pero...

–¿Pero qué? –exigió saber.

–Creo que no es suficiente.

–¿Y qué es lo que sería suficiente, Michele? ¿Enamorarte de tu amante?

–Algo así.

–¿Y dónde te deja a ti eso? ¿Abrazarás una existencia solitaria y célibe durante el resto de tu vida?

–Probablemente.

–Encuentro increíble que la chica que anoche hizo el amor conmigo con tanta entrega y abandono renuncie de repente al sexo... Seamos claros, Michele. Te entusiasma hundir a los hombres, ¿verdad? Yo ya estoy liquidado. Puedo entender por qué el bueno de Kev volvía siempre contigo, si era eso mismo lo que tú le dabas...

Michele se sentó sobre los talones, con los ojos muy abiertos de dolor y de humillación.

–Dios mío, no he querido decir eso –gimió Tyler, angustiado–. Oh, diablos, no me mires así, Michele. Lo siento. Es solo que cuando esto estaba sucediendo, pensé que podías estar fingiendo que yo era Kevin y... ¡maldita sea, yo quería todo eso para mí!

–Era para ti –le espetó, con lágrimas en los ojos–. ¿Es que no te das cuenta, estúpido? ¿Tan ciego estás? ¿O es que ya no sabes reconocer cuándo una chica se enamora de ti?

Tyler no podía haberse sorprendido más si ella le hubiera propinado una bofetada en aquel mismo momento. Después de haber dicho algo imperdonable, se levantó y le dio la espalda. No quería que Tyler descubriera lo muy desesperada que estaba.

–Lo siento –musitó–. No quería decir eso. No era mi intención enamorarme de ti. De verdad que no... Simplemente sucedió.

Cuando sintió su presencia a su espalda, se tensó de inmediato. Y cuando Tyler la tomó suavemente de los hombros y la abrazó por detrás, emitió un gemido.

–¿Estás segura de que es amor lo que sientes por mí? –murmuró él, acariciándole con los labios el lóbulo de una oreja.

Michele empezó a temblar de manera incontrolable.

–¿Qué otra cosa podría ser?

–En efecto, ¿qué otra cosa?

Girando dentro del círculo de sus brazos, Michele le preguntó:

–¿Me estás diciendo que no me crees?

–Te estoy diciendo que podrías estar equivocada. La gente se enamora por despecho, pero ese no es un tipo de amor duradero. Aun así, estoy seguro de que esta vez es real. Así que dime, amor mío, cuando dijiste que no te casarías... ¿estabas pensando en Kevin... o en mí?

Su expresión escrutadora la irritó. Allí estaba ella, con el corazón a flor de pecho mientras él se lo rompía en mil pedazos, y lo único que le importaba era su maldito ego.

—¿Importa acaso? —le espetó—. Porque tú no quieres casarte conmigo.

—Ah, claro que quiero.

Michele lo miró boquiabierta.

—Te amo —le confesó Tyler—. Y quiero casarme contigo.

Pero la sorpresa no tardó en ceder el paso a la furia.

—¡Oh, no seas ridículo! ¡No puede ser!

—¿Lo ves? Resulta difícil de creer algo que no parece posible porque conoces a una persona desde hace mucho tiempo y has albergado un buen número de prejuicios sobre ella. Lo irónico de la situación, Michele, estriba en que yo creo que aún sigues enamorada de Kevin, y tú crees que yo aún sigo enamorado de mí mismo. Perverso, ¿no te parece?

Michele lo miraba fijamente, indecisa.

—Ahora mismo puedo ver que tu cerebro está funcionando a toda velocidad —pronunció secamente Tyler—. Antes de que sumes dos y dos y saques cinco otra vez, déjame hacerte una propuesta.

—¿De matrimonio?

—Todavía no. No soy tan estúpido. Pero te propongo que sigamos viéndonos y que nos concedamos tiempo para descubrir la verdad.

—¿Acerca de si nos amamos realmente, quieres decir?

—Exactamente. Luego, cuando estemos seguros de que nos amamos, yo volveré a pedirte que te cases conmigo.

Poco a poco fue filtrándose en la mente de Michele el pensamiento de que Tyler muy bien pudiera estar enamorado de ella, y sintió un gozo y una alegría tan grandes que empezaron a brillarle los ojos de felicidad.

–¿Tengo que suponer que has acogido bien la propuesta?

–¡Oh, sí!

–En ese caso, podríamos volver a la cama y dormir un poco.

–Oh... –Michele se preguntó cómo podía dormir Tyler si era cierto que la amaba. ¿Acaso no quería demostrarle su amor?

Al contemplar su expresión decepcionada, esbozó una leve sonrisa.

–¿Te das cuenta de que he tenido una semana muy dura?

–Sí, sí, lo sé.

–¿Y que anoche bebí más de la cuenta?

–Sí, ya me fijé...

–¿Y que después cierta chica acabó con todas mis energías?

–Oh, querido... pobrecito Tyler... –hizo a un lado el edredón y cubrió la distancia que los separaba, echándole los brazos al cuello.

Tyler simuló una expresión de pánico, pero su cuerpo le envió un mensaje muy diferente.

–Si llegamos a casarnos –murmuró–, ¿es esto lo que tendré que soportar todo el tiempo?

–Solo cada noche. Porque durante el día seguiré trabajando.

–¿Y los fines de semana?

–Sí, por favor.

–¡Moriré antes de llegar a los cuarenta!

Michele no alcanzó a ver su mirada de consternación, porque para entonces ya estaba concentrada en sus labios.

Y luego ya no prestó atención a nada más, porque estaba besando al hombre al que amaba, y él la estaba besando a su vez... antes de llevarla nuevamente a la cama.

Capítulo 14

ERES un verdadero prodigio, ¿verdad? –dijo Lucille mientras se servía azúcar y removía su capuccino–. No solo has triunfado esta mañana en el ensayo general de tu proyecto publicitario, sino que además, finalmente, has encontrado tu verdadero amor. En un lugar bastante extraño, debo admitir, pero ¿quién soy yo para cuestionar las peculiaridades de la vida? No te apresures. No firmes ningún acuerdo prenupcial, y cuando te sea infiel después de la luna de miel... ¡no tengas piedad con él!

–Es inútil, Lucille –rio Michele–. Hoy, tu cinismo con los hombres no va a hacerme efecto. Si el sábado por la mañana hubiera tenido esta conversación contigo, habrías sido capaz de asustarme. Pero hoy no.

–¿Dos días han bastado para convencerte? ¿Crees que fue una simple coincidencia que a papá Garrison, que sin duda alguna duda administra el dinero de la familia, se le ocurriera mencionar en aquel preciso momento su deseo de que su hijo y heredero se casara de una vez, para engendrar rápidamente otros futuros herederos... y que precisamente su hijo y heredero te declarara su amor poco después?

–Mira, sé lo que quieres decir. Eso también se me ocurrió a mí. Pero simplemente no tiene sentido.

¿Por qué yo? ¿Por qué no pedírselo a una esplendorosa muñequita, si lo único que quiere es una mujer que conciba un hijo suyo? No, Lucille. Tyler me ama. No sé muy bien ni cómo, ni cuándo ni por qué, pero me ama. Se mostró tan tierno conmigo el fin de semana... Incluso el sexo es diferente entre nosotros ahora.

–¿Cómo de diferente? ¡No querrás decir que es todavía mejor! ¿Cómo puede serlo después de lo que me contaste el pasado lunes?

–No es mejor. Es como más... valioso. Con más amor.

–Mira, cariño, no quiero hacer el papel de aguafiestas, de verdad. Pero no creo que un hombre tan listo como Tyler quisiera una esplendorosa muñequita como esposa, en cualquier caso. Escogería más bien a alguien con quien pudiera convivir y hablar; alguien a quien encontrara inteligente e interesante y, sí, también atractiva –Lucille tomó su taza de café pero no llegó a acercársela a los labios, mientras continuaba con su teoría–. Apostaría a que papá Garrison lleva bastante tiempo presionando a su retoño para que se case, y que al final su devoto hijo y heredero ha tropezado con la candidata perfecta. ¿Quién mejor que su vieja amiga Michele? No hay posibilidad de equivocarse. Tú eres todo lo que podría desear –y empezó a enumerar cualidades–: En primer lugar, nunca te ha impresionado su dinero. Eso está bien. A ningún hombre le gusta ser el objeto de una mezquina avidez. En segundo lugar, eres inteligente y sensata. Tercero, estás libre, ahora que Kevin se ha casado con otra mujer. Así que ha jugado a fondo contigo. Te hace maravillosamente el amor después de la boda de Kevin, y se retrae luego durante toda una semana. Un buen movimiento. Luego, ¡paf!, te lleva a casa de mamá y papá, aparece como un buen tipo oculto tras su imagen de casanova... ¡y tú muerdes el anzuelo!

Durante toda la comida, Michele se resistió a dejarse convencer. Tyler no era ni había sido nunca un mentiroso, le aseguró a Lucille. Él también odiaba a la gente manipuladora. No era capaz de seducirla con segundas intenciones... ¡aquello no encajaba en absoluto en su carácter!

Para cuando terminaron de comer, era ella la que aparentemente había convencido a Lucille, hasta el punto de que le prometió que haría de madrina suya en la boda. Pero mientras caminaba lentamente de regreso a la cocina, se dio cuenta de que una nube había oscurecido su anterior sensación de felicidad. En lo más profundo de su interior, algunas dudas se habían infiltrado en su corazón. Cuando Tyler la llamó cinco minutos después de que se encontrara nuevamente sentada ante su escritorio, Michele fue consciente de que no podía disimular cierto tono de abatimiento.

—¿Fue bien el ensayo general?

—Oh, sí, salió estupendo.

—Te noto un poquito deprimida.

—Lo siento –hizo un esfuerzo por animarse–. Probablemente se trate de la natural sensación de anticlímax después de la descarga de adrenalina de esta mañana, durante el ensayo general. Todo está listo ya para la presentación. Y estoy bajo una presión tremenda.

—Me lo imagino. Pero por lo me contaste ayer sobre las ideas que tenías, estaba seguro de que no tendrías ningún problema. Eran brillantes. Como tú. Esa campaña publicitaria es genial, y será todo un éxito. Y me encantaron tus proyectos de anuncios para la televisión, con toda la fuerza cómica que tienen. En publicidad, el humor vende tan bien como el sexo.

Michele deseó que no hubiera dicho aquello. Porque aquella frase le suscitó la pregunta de si no sería precisamente eso lo que había estado haciendo Tyler durante todo el tiempo: venderse a sí mismo mediante el sexo.

–¿Michele? ¿Sigues ahí?

–Sí. Perdona. Es que estaba pensando en la campaña. Tú... er... no le contarás mis ideas a nadie, ¿verdad? Quiero decir que... tendremos que mantenerlas en el más estricto de los secretos hasta este viernes. La competencia no debe saber nada por adelantado.

–Mis labios están sellados. ¿Sabes qué empresa compite contra vosotros?

–No. Comidas Packard tampoco ha abierto la boca. Lo único que sabemos es que serán recibidos y tendrán oportunidad de presentar su proyecto antes que nosotros, que entraremos el viernes a media mañana. Los responsables de Packard se comprometieron a comunicarle su decisión a Harry esa misma tarde.

–Contigo al timón, no tengo ninguna duda de que os adjudicarán el proyecto.

–No tienes por qué adularme, Tyler –replicó, tensa.

El silencio que siguió al otro lado de la línea la hizo sentirse culpable. Pero, después de su experiencia con Kevin, sabía que los halagos constituían su punto débil.

–¿Dónde tendrá lugar la presentación? –le preguntó él con tono tranquilo.

–En la sede de su empresa en la ciudad. ¿Por qué?

–El viernes es el cumpleaños de Cleo, y quería invitarla a comer. Me preguntaba si querrías acompañarnos. Podría reservar una mesa en algún restaurante de la ciudad. Quiero que seáis buenas amigas.

Michele dudaba de que algún día Cleo y ella pudieran convertirse en buenas amigas.

–No creo que haya terminado a la hora de comer. Esas cosas llevan tiempo.

–Muy bien. ¿Y esta noche?

–¿Quieres verme esta noche? –en silencio, Michele se preguntó si estaría decidido a hacerle el amor todos los días.

–Sí. ¿Por qué no? Yo no estoy tan ocupado esta semana.

–Suerte que tienes.

–Estás de un pésimo humor, ¿verdad? Quería invitarte a cenar fuera y a bailar. Que fuera algo especial.

–No me gusta salir a cenar fuera entre semana.

–Muy bien, pues me pasaré por tu casa y cenaremos allí. Así podrás desplegar tus talentos culinarios.

–No creo que lograra impresionarte demasiado.

–¿Es que quieres que nos pongamos a discutir, Michele? –le espetó finalmente Tyler–. Porque si no llevas cuidado, quizá consigas lo que estás buscando –y colgó.

Michele se quedó mirando el auricular, consumida por la vergüenza. ¿Qué le sucedía? ¿Cómo podía haber permitido que Lucille estropeara su imagen de Tyler y destrozara lo mejor que le había sucedido en toda su vida? Con dedos temblorosos, marcó el número de su móvil. Durante unos estremecedores segundos, creyó que no iba a contestar. Pero al fin lo hizo, aunque con tono glacial.

–Tyler, soy yo –murmuró–. Perdóname. No sé lo que me ha pasado. Me he comportado fatal. Quiero que salgamos esta noche a cenar y a bailar. De verdad que sí. Por favor, no me vuelvas a colgar.

Tyler vaciló, y Michele sintió que el corazón le dejaba de latir.

–Muy bien. ¿Cuándo?

–¿Cuándo qué?

–¿Cuándo quieres que pase a recogerte esta noche?

–Oh –suspiró aliviada–. ¿A las siete te parece demasiado temprano?

–Te perderás el concurso de preguntas en la televisión –señaló secamente Tyler.

–¡Al diablo con el concurso! –exclamó, y se echó a reír. Ya se sentía mucho más animada.

–No, eso no puede ser. Estaré allí a las siete y lo veremos juntos, para salir a las siete y media. Pero te lo advierto: esta vez no me ganarás –añadió, bromista–. Me mostraré implacable contigo.

–¡Oh! Me apuesto lo que quieras a que no.

–De acuerdo. Quien pierda hará de esclavo de amor del otro durante la noche. Ella o él deberán hacer lo que se les diga, sin posibilidad de error o de equivocación.

Un estremecimiento de excitación le recorrió la espalda. Realmente era un verdadero diablo, pensó Michele. Pero ella no podía perder, ¿verdad? Y en cualquier caso, el placer estaba asegurado.

–¡Hecho! –aceptó con un tono algo petulante. La otra vez que jugaron, no se había sentido al cien por cien de sus capacidades, y aun así le había ganado. En esa ocasión le daría una verdadera paliza.

–¡Maldito demonio! –exclamó acalorada a las siete y veintitrés minutos de aquella noche. La ronda de preguntas del concurso había concluido, con Michele como perdedora a a una gran distancia–. ¡La otra tarde me dejaste ganar aposta!

–¿Y por qué habría de hacer algo así? –le preguntó Tyler, sonriente.

–¡Precisamente por eso, porque eres un maldito demonio!

–Vamos, no seas mal perdedora –se levantó, tan elegante y atractivo como siempre con su chaqueta clásica azul, su camisa de un blanco inmaculado y sus pantalones gris marengo. Con aspecto despreocupado se dirigió hacia la puerta, y una vez allí se volvió lentamente hacia ella–: Vámonos, esclava de amor.

Michele se levantó a regañadientes, todavía resentida de su derrota. Pero mientras se reunía con él, la expresión de su mirada hizo que se olvidara de todo. Jamás Kevin la había mirado con tanto amor y tanta pasión.

–¿Y bien? –le preguntó con voz ronca. Llevaba un elegante vestido negro a juego con su chaqueta, que le llegaba hasta los muslos, y la melena suelta, larga hasta los hombros.

–Dime que me amas.

Aquello la tomó desprevenida.

–Yo... te amo.

–No me ha parecido muy convincente. Dímelo otra vez. Y añade mi nombre. Dime: «Tyler, te amo».

–Tyler, te amo.

–Mucho mejor. Y ahora bésame.

Michele lo besó. Fue un largo y apasionado beso, con un poquito de lengua.

–No está mal –pronunció él–. Y ahora escúchame, esclava de amor. Hasta que regresemos a casa, tendrás que decirme que me amas cada media hora, y cada vez subrayarás la frase con un beso. Un beso de verdad. No importará dónde nos encontremos o lo que estemos haciendo. Y asegúrate de que en esos momentos no estés en el servicio de señoras, u ocupada con cualquier otra cosa. ¿Me he explicado bien?

–Sí –murmuró, mareada de placer.

Aquella fue la cena más romántica y excitante de la vida de Michele. Lo besó de camino al restaurante a orillas de la playa, y otra vez mientras tomaban una copa en la barra, antes de pasar en el comedor. Lo besó de nuevo durante el primer plato y en los postres, siempre con su correspondiente declaración de amor.

Cada vez que se disponía a pronunciar las palabras, Tyler la miraba intensamente a los ojos, y se sorprendía a sí misma declarándose con mayor pasión y entrega. Y sus besos eran más prolongados, más ávidos. Finalmente ya no le importó quién pudiera verlos, o lo que pensaran de ellos. Lo único que le importaba era Tyler. Para cuando regresaron a su casa, estaba consumida de deseo. No tuvieron tiempo de llegar hasta el dormitorio, sino que hicieron el amor en el suelo del vestíbulo, con sus gritos de placer resonando en el piso vacío.

A la mañana siguiente, cuando se despertó, Michele no podía sentirse más feliz.

–Lamento lo de la comida con Cleo del viernes

–le dijo mientras se acurrucaba contra él. Había decidido, a pesar de todo, intentar hacerse amiga de su hermana–. ¿Y si en vez de a comer quedáramos a cenar?

–No es posible. Va a salir con Hugh. No te preocupes, ya encontraremos otra ocasión. Disponemos de todo el tiempo del mundo.

–Sí, es verdad –sonrió, exultante.

–¿Sabes? –le dio un beso en la punta de la nariz–. Eres una esclava de amor muy atractiva.

–Y tú un amo muy tierno...

–Preferiría ser un marido muy tierno.

¿Por qué reaccionó de aquella forma a sus palabras, apartándose repentinamente de él?, se preguntó Michele. Con toda seguridad, no podía dudar de sus intenciones. La noche anterior podía haberle pedido que hiciera cualquier cosa, y aun así no podía haberse comportado con mayor ternura.

–¿Sigue siendo demasiado pronto para ti? –le preguntó Tyler mientras ella se levantaba de la cama y se ponía la bata. Su tono era tranquilo, pero en el fondo Michele podía detectar un ligero matiz irritado.

–Un poco –respondió, volviéndose para mirarlo.

–Entiendo...

Dudaba que lo entendiera. Pero aquella no le parecía la mejor ocasión para intentar explicárselo. Su expresión era más bien distante y su mirada... bueno, su mirada no era nada feliz.

–¿Cuánto tiempo tendrá que pasar hasta que te decidas a aceptar?

–Tyler, por favor...

–Nunca has sabido lo que quieres en asuntos de hombres. Nunca.

–Tyler...

–Es la verdad –saltó de la cama y se puso a buscar su ropa. Tardó algún tiempo en encontrarla–. Quizá sea mejor que no nos veamos durante lo que queda de semana –pronunció con voz áspera–. Así tendrás tiempo para analizar tus verdaderos sentimientos.

–Si eso es lo que quieres... –repuso, levantando la barbilla.

–Te llamaré el viernes por la tarde.

–De acuerdo, si sigues decidido a hacerlo.

–Te llamaré –gruñó–. ¡Tú eres la única indecisa aquí! ¡Yo no!

Permaneció indecisa y vacilante durante el resto de la semana, a veces consumida por la rabia, a veces por la desesperación y a veces por una absoluta confusión. Evitó a Lucille en un esfuerzo por mostrarse lo más imparcial posible a la hora de juzgar a Tyler. Porque no eran sus propios sentimientos los que tenía que analizar. Eran los de él.

Para la mañana del viernes tuvo que reconocer que no le convencían los motivos de Tyler para querer casarse con ella. Era un cambio demasiado radical. De casanova a hombre cariñoso y conservador, de un golpe. Por más que lo analizaba, no le parecía algo verosímil.

Harry no acompañó a su equipo durante su presentación en la ciudad, algo de lo cual Michele no pudo evitar alegrarse. No tenía necesidad de soportar más presiones aquella mañana. La sede central de Comidas Packard se encontraba en el último piso de un edificio de oficinas cercano al muelle. Las salas de recepción eran muy amplias y lujosas.

A pesar de la confianza que tenía en el proyecto que estaba a punto de presentar, se sentía bastante inquieta. Había llegado con el resto de su equipo a las diez, con tiempo suficiente de antelación. Hacia las diez y media estaba hecha un manojo de nervios. A las diez y cincuenta y tres la puerta de la sala se abrió al fin, y salieron los representantes de la empresa que competía contra ellos: sus rivales. Michele se quedó sin habla.

Era Kevin quien encabezaba el grupo. Nunca se le había ocurrido a Michele que la compañía de Kevin pudiera ser su competidor. Dado que Fabulosas Ideas era uno de los dos candidatos que habían quedado, había supuesto que el otro sería una de las pequeñas agencias de publicidad existentes, y no la multinacional para la que él trabajaba.

Kevin también se quedó asombrado al verla, pero en seguida esbozó una irónica sonrisa.

–Hola, Michele –la saludó con su habitual encanto–. Debí haber adivinado que la competencia serías tú. Buena suerte. Aunque tú nunca la has necesitado.

Michele lo ignoró totalmente. De manera perversa, su inesperada aparición despejó sus nervios y le suscitó una rabia que le hizo concentrar toda su energía en vencerlo. En la presentación del proyecto estuvo brillante, y fue consciente de ello. Cuando vio a la gente de Packard reír y aplaudir sus ideas para los anuncios de televisión, comprendió que Fabulosas Ideas había triunfado.

Harry, muy satisfecho, estaba esperando en la puerta cuando salieron de la sala.

–No tenéis que decirme nada –les dijo–. He oído las risas. Los tenemos en el bolsillo. Contad con una paga extra en vuestro sueldo de este mes.

–Gracias, Harry –respondieron los tres a coro.

–Y tomaros la tarde libre.

Intercambiaron unas miradas de asombro. Que Harry concediese una tarde libre era tan raro como que un político cumpliese sus promesas electorales.

Sus dos compañeros decidieron celebrar la ocasión bebiendo en un bar de la ciudad, pero Michele declinó la oferta.

–Lo siento, amigos –les dijo cuando bajaban a la calle–. He quedado con alguien para comer. Nos veremos el lunes.

Era una mentira, por supuesto. No había quedado con nadie. Tyler debía de estar comiendo con Cleo en algún restaurante. Necesitaba estar sola para reflexionar sobre sus problemas.

–¿Qué iba a hacer con la petición de matrimonio de Tyler? Lo amaba, pero... ¿casarse con él? ¿Cómo podía alguien casarse con una persona cuando no estaba segura de sus verdaderos sentimientos? No podría soportar que él no la amara realmente, o que le fuera infiel. Y si alguna vez la dejaba... ¡sencillamente se moriría de dolor!

Michele rodeó el muelle circular y se dirigió a la escollera. El tiempo era perfecto. Cálido, pero no demasiado, con un ligera brisa marina. Estaba sentada en la terraza de una bar, tomando un café, cuando vio que alguien se disponía a sentarse en una silla a su lado.

–¡Hey! –protestó, protegiéndose los ojos del sol mientras miraba al único hombre al que no había querido ver aquel día–. ¡No te atrevas a sentarte aquí! –le espetó a Kevin–. ¿Es que me has seguido? No quiero hablar contigo. Y mi furia no quiere decir que todavía te siga amando –añadió, despreciativa–. Para nada.

–Ya lo sé –repuso él, sentándose de todas formas–. Sinceramente no pensarás que creía poder competir con Tyler, ¿verdad? Fue mi ego masculino el que te habló en aquella ocasión. Más una buena dosis de celos.

–¡Celos, Dios mío!

–Siempre me puso celoso veros a Tyler y a ti juntos. Por eso solía retraerme. No creo que te dieras cuenta entonces, pero probablemente siempre te sentiste atraída por él. Hacíais buena pareja. Y siempre has sido demasiado lista para mí.

–No digas tonterías.

–Es la verdad. Por una parte te admiraba, pero por otra detestaba la manera en que hacías que me sintiera. Contigo, siempre tenía que superarme, que aspirar a más. Siempre intentando ser algo que no era. Al final, me cansé de jugar a ese juego –esbozó una mueca de dolor al evocar aquellos recuerdos, pero de inmediato su expresión se suavizó–. Sin embargo ahora, con Danni, yo llevo la voz cantante tanto en el terreno intelectual como sexual. Bajo su esplendorosa apariencia, es una chica sencilla. Y me adora, lo cual es maravilloso para mi autoestima. Sé que probablemente no lo creas, pero la amo.

Sorprendentemente, Michele sintió un gran alivio al escuchar aquello. No le deseaba a Kevin, ni a Danni, ningún mal. La vida era demasiado corta para desperdiciarla en venganzas. Lo único que quería era ser feliz ella misma.

–Entonces, ¿Tyler y tú seguís saliendo juntos? –le preguntó Kevin.

–Sí. Y me ha pedido que me case con él –su orgullo la impulsó a esconderle sus propias dudas y temores.

–¡Estás bromeando! –la miró boquiabierto.

–¿Y por qué habría de bromear con eso?

–Dios mío, Michele, tú sabes cómo es Tyler. Es un gran tipo, pero infiel por naturaleza. ¡No pasa un solo mes sin que se acueste con una chica nueva!

Michele quiso defender a Tyler, pero de repente no pudo. Kevin no era Lucille. Conocía a Tyler. Y quizá incluso lo conociera mejor que ella. Los hombres hablaban entre sí de sexo y de sus variadas conquistas. Los ojos se le llenaron de lágrimas.

–Oh, Dios mío, Michele, no llores –rezongó Kevin–. Oh, diablos, estás enamorada de él, ¿verdad? Quiero decir enamorada de verdad. Más de lo que lo estuviste de mí.

–Sí –respondió–. Estoy loca por él.

–El muy maldito... –musitó Kevin mientras le pasaba un brazo por los hombros para darle un consolador abrazo.

Michele se apoyó en su pecho, sollozando.

–Odio verte así –añadió–. No te lo mereces. Te mereces a alguien que te ame hasta la muerte. Siento no ser yo ese alguien, Michele. Fui tan egoísta al seguir contigo durante tanto tiempo... pero jamás quise hacerte ningún daño.

Parpadeando, Michele levantó la mirada hacia él. Kevin le sonrió antes de besarle la frente con ternura.

–Eres una chica muy especial.

Sus amables palabras la curaron del viejo dolor provocado por su traición, pero nada hicieron para aliviarla de su malestar presente.

–¿Sabes? Quizá no estemos siendo justos con Tyler. Quizá se haya enamorado por primera vez en su vida y realmente quiera serte fiel. Hay que reconocer que el hecho de que te haya pedido que te cases con él es sorprendente.

–Oh, muchas gracias –sollozó.

–No me refería a eso. Solo quería decir que el matrimonio es un cambio sorprendente para el estilo de vida que lleva.

–Tal vez lo esté haciendo por la familia.

–¿Por la que tiene? –Kevin frunció el ceño–. ¿O por la que quiere tener?

–Por la que tiene. Su padre quiere que se case.

–No –sacudió lentamente la cabeza–. No, no veo a Tyler casándose porque se lo diga su padre. Tyler es muy independiente. Comete sus propios errores y toma sus propias decisiones. Mira, ahora que he podido superar mi inicial reacción, me parece que te estás preocupando por nada. Si Tyler dice que te ama, entonces te ama. Si te ha pedido que te cases con él, es porque lo desea sinceramente. Por sí mismo, no por su padre.

Michele se irguió en su silla, enjugándose las lágrimas con un servilleta de papel.

–¿De verdad piensas eso?

–Desde luego.

La alegría que estalló en su corazón fue tan intensa que le echó los brazos al cuello y lo besó.

–¡Hey, cuidado! –protestó Kevin, riendo–. Soy un hombre casado. ¡Alguien podría sorprenderme besando a mi ex!

–Te lo tendrías merecido por haberme engañado tanto.

–Gracias a mí eres la mujer que eres ahora.

–¿Y cómo soy ahora?

–Una mujer increíble –le devolvió el beso–. Tengo que irme, Michele. He de volver al trabajo.

–Yo tengo la tarde libre.

–¿Por qué no llamas a Tyler? Acepta su petición de matrimonio.

—Sí que podría hacerlo...

Sonriendo, Michele contempló a Kevin mientras se alejaba. Después de todo, no era tan mal tipo. Se había olvidado de lo muy tierno que podía llegar a ser.

Una vez que hubo desaparecido de su vista, tomó su bolso y sacó el móvil.

—Si estás pensando en llamar a Tyler... —pronunció una voz aguda, a su espalda—... yo que tú no me molestaría en hacerlo.

Capítulo 15

MICHELE se volvió y descubrió a Cleo de pie a su lado, fulminándola con la mirada.

–¿Sabes? Podría estrangularte –siseó–. Aunque creo que Tyler preferirá hacerlo después de haber sido testigo de este enternecedor encuentro entre Kevin y tú. Estábamos comiendo allí –señaló el piso superior de un cercano restaurante del puerto– cuando Tyler te vio. Se disponía a bajar a buscarte cuando de pronto apareció Kevin. No necesito decirte que de inmediato cambió de idea.

–¿Dónde está Tyler? –pálida, Michele ya se había levantado, buscándolo con la mirada–. ¡Tengo que explicárselo!

–Se ha ido. Y ya no tendrás ninguna oportunidad de explicarle nada. ¡Bastó con que te viera besar a Kevin! ¡Dios mío, deberías haber visto la cara que se le puso!

–Pero no fue así... –protestó, aterrada–... ¡está terriblemente equivocado!

–No te va a escuchar. Y yo tampoco. Ya sabía yo que no lo amabas –pronunció Cleo– y que volverías con Kevin tan pronto como se lo pidiera. Se lo advertí a Tyler, pero no me escuchó. Te ama demasiado. Y demasiado tiempo ha esperado por ti.

–¿Qué quieres decir?

–Por el amor de Dios, ¿tan ciega estás? Tyler te ama desde hace años. Probablemente desde el día que te conoció.

Michele apenas podía dar crédito a lo que estaba oyendo. ¿Tyler, amándola durante todo aquel tiempo? Era una locura.

Pero aun así, tenía algo de sentido. Proyectaba otro sentido sobre todo lo que había hecho a lo largo de los últimos años. Las invitaciones a sus fiestas, incluso cuando ya había resultado evidente que Kevin le desagradaba. Sus insistentes llamadas telefónicas cuando Kevin la abandonó...

Repasó mentalmente todo lo que había hecho y dicho desde que recibió la invitación a la boda de Kevin, y fue como si el corazón le empezara a sangrar por él. Y por ella misma, porque el amor de Tyler siempre había estado allí, y nunca había llegado a verlo.

–Yo... yo no lo sabía –pronunció, desconsolada–. Nunca me dijo nada.

–¿Por qué habría de haberlo hecho? Nunca le diste la menor oportunidad, excepto para discutir con él. Diste por garantizada su amistad y te pasaste todo el tiempo criticándolo, simplemente porque tenía dinero. ¿Crees que es fácil haber nacido rico? Diablos, pudo haber terminado siendo un drogadicto o un consentido hijo de papá, como muchos de sus amigos. En lugar de eso, estudió duro y se ganó su propio éxito a pulso, ¡y aun así tú te encargaste de repasarle siempre su éxito y su fortuna por la cara!

–Por favor, no sigas –gritó Michele–. No puedo soportarlo.

Pero Cleo no sentía piedad alguna por la mujer que acababa de destrozar a su hermano.

–¿Por qué te crees que salía con tantas chicas distintas? Para intentar olvidarte, claro. Pero no le funcionó nunca. ¿Cómo podría haberlo hecho cuando ellas no eran tú? Yo confiaba en que te olvidaría algún día, pero me di por vencida cuando a principios de año acudió a mí para pedirme que convirtiera su casa flotante en algo menos... menos adecuado para un playboy. Y cuando lo vi contigo en la boda de Kevin, tuve miedo por él. Luego, cuando te llevó a casa la otra noche y tú me dijiste que lo querías, empecé a albergar una leve esperanza. Creí que al fin podrías ver más allá de las apariencias para descubrir lo magnífica persona que es realmente Tyler. Pero fue una falsa esperanza –añadió con expresión despectiva–. Le has roto el corazón, ¿sabes? ¡Dios mío, deberías haber visto la cara que pudo cuando te vio abrazar y besar a Kevin!

En aquel momento, Michele estuvo a punto de estallar en sollozos.

–Tú no lo comprendes... Yo no amo a Kevin. Amo a Tyler.

–¡Oh, vamos! ¿Aún esperas que me crea eso?

–Es verdad. Pero he estado tan preocupada pensando que él no me amaba realmente... que pensé que... Oh, ¿qué importa todo eso ahora? Hoy me encontré con Kevin por casualidad y me preguntó por mi relación con Tyler... Cuando me emocioné confesándole las dudas que tenía, él me dijo que no dudara de Tyler, y que si él me había dicho que me amaba, entonces es que era verdad. Por eso lo besé. De puro alivio y gratitud. Nada más.

–¡Oh, cielos, vaya lío! –exclamó Cleo.

Michele decidió que tenía que hacer algo rápidamente. No soportaba que Tyler creyera que no lo amaba, o que había vuelto con Kevin.

–¿A dónde crees que puede haber ido Tyler? –le preguntó.

–No ha vuelto al trabajo, eso es seguro. Querrá estar solo en alguna parte para lamer sus heridas. Tyler es muy introvertido. Disimula sus sentimientos, finge que no le pasa nada malo. Pero dudo que pueda disimular lo que le pasa ahora. Nunca lo había visto tan afectado.

–Tengo que encontrarlo. ¿Crees que podría haber regresado a su casa? ¿A la casa flotante?

–Posiblemente...

–Merece la pena intentarlo. Será mejor que no hacer nada.

–Yo te llevaré. Tengo el coche aparcado cerca de aquí.

–Bien. Vamos.

La puerta de la casa flotante estaba abierta, pero el piso inferior se hallaba vacío. Michele no llamó antes de entrar. Subió apresuradamente la escalera de madera, sabiendo exactamente dónde podría encontrarlo.

Allí estaba, sentado en la misma mecedora, con la mirada perdida en el vacío. Sumido en un absoluto silencio.

–¿Tyler? –lo llamó con voz ronca, y él volvió rápidamente la cabeza.

–¿Qué estás haciendo aquí? –le preguntó, entre furioso y abatido–. No, no me lo digas. Cleo. Así que te lo ha dicho, ¿eh? Te ha contado la verdad sobre mis sentimientos por ti... ¿A qué has venido? ¿A enfrentarte finalmente con la verdad? ¿A disculparte? ¿A suplicar mi perdón por haber descubierto por fin a quién amas de verdad? Porque si es así, entonces no te molestes. Lo he visto con mis propios ojos. Todavía llevas a Kevin en tu corazón, y siempre lo llevarás. Y ahora vete. No hay razón alguna para que te quedes. No voy a matarme. Aunque por un instante se me pasó por la cabeza cuando, una vez más, te vi en los brazos de Kevin. No sabía que se pudiera sufrir tanto, pero así es.

—¡Tyler, no! —gritó, desesperada—. ¡Por favor, no! Estás completamente equivocado.

—Lo vi todo con mis propios ojos, cariño —replicó, levantándose de la mecedora—. Y ahora, ¿vas a salir de aquí tú sola o tengo que acompañarte hasta la puerta?

—No me iré hasta que me hayas escuchado —alzó la barbilla, desafiante.

—La pequeña Michele, siempre queriendo tener la última palabra. Adelante, empieza.

—Mi encuentro con Kevin fue casual, no premeditado. Me viste llorando por ti, no por él. por eso me abrazó. Y lo besé porque me dijo que dejara de dudar de tu amor por mí; que si tú decías que me amabas, entonces era verdad, porque siempre has sido un hombre íntegro y sincero.

—¿Kevin te dijo eso? —inquirió, estupefacto.

—Sí. Después de haberse marchado, Cleo apareció de repente y me habló de lo mucho que me amabas, de que hacía años que me querías. Y era eso lo que yo necesitaba escuchar. Te amo, Tyler. Te amo desesperadamente. Pero tenía dudas acerca de tus sentimientos, algo de lo cual no tienes derecho a culparme. ¿Qué crees que pensaba yo al verte cambiando cada mes de mujer? Pensaba que no eras más que un playboy. Pero gracias a Kevin y a Cleo, no dudo ya de tu amor. Y no pienso que seas un playboy. Creo que eres una persona maravillosa. Si me pides otra vez que me case contigo, te diré sí lo más rápido posible.

Si antes Tyler se había quedado estupefacto, ahora se quedó literalmente paralizado durante unos segundos.

—¿Hablas en serio? —pronunció al fin—. ¿De verdad que no sigues amando a Kevin?

—¡Claro que no, idiota! ¿Por qué crees que estoy aquí? Si lo amara, no habría venido a buscarte. Ya te dije antes que no quería volver a saber nada más de él, y hablaba en serio. Kevin ama a Danni; él mismo me lo ha dicho. ¿Y sabes una cosa? Le creo. Parecía genuinamente sincero. O tan sincero como puede llegar a serlo Kevin —añadió, sonriendo tristemente.

Tyler se la quedó mirando durante unos segundos más, antes de que una lenta sonrisa se dibujara en sus labios.

—Te darás cuenta de que, si te conviertes en mi mujer, tendrás que convertirte en mi esclava de amor, y yo en el tuyo...

—Un cometido difícil —sonrió—, pero alguien tiene que hacerlo. Después de todo, tu padre quiere que te cases y fundes una familia propia, ¿no?

—¿Quieres tener hijos? —parecía sorprendido.

—Sí.

—No te seré infiel —de pronto adoptó una expresión muy seria, antes de avanzar lentamente hacia ella.

—Ya lo sé —repuso Michele con un nudo en la garganta.

—Todas esas chicas... —le temblaba la mano cuando le acarició tiernamente una mejilla—... nunca he amado a ninguna. Para mí solo has existido tú, Michele. Solo tú...

–Te creo –tenía la impresión de que el corazón iba a estallarle de gozo.

–Cásate conmigo. Cásate conmigo y hazme feliz. Hazme sentirme completo.

Aquella era la palabra: «completo». Lo resumía todo. Sin Tyler como marido, Michele no sería más que una media persona. Y él sentía lo mismo por ella. Podía verlo en sus ojos.

–Sí –aceptó–. Oh, sí –y se lanzó a sus brazos.

A Zafar Nejem lo habían llamado de muchas maneras: "jeque errante", "traidor", "bandido moderno"… Pero había llegado el momento de que lo llamaran "Su Majestad". Al subir al trono de Al Sabah, lo primero que hizo fue rescatar a una rica heredera americana, Analise Christensen, de quienes la habían secuestrado en el desierto.

Como Ana estaba prometida al gobernante del país vecino, su presencia debía mantenerse en secreto hasta que Zafar pudiera explicar los motivos de la misma, ya que, en caso contrario, se arriesgaba a que estallara la guerra entre ambos países. Pero al igual que el sol se elevaba sobre las dunas de arena, el deseo prohibido entre Ana y Zafar iba en aumento, poniendo en peligro sus planes.

En el calor del desierto

Maisey Yates

Acepte 2 de nuestras mejores novelas de amor GRATIS

¡Y reciba un regalo sorpresa!

Oferta especial de tiempo limitado

Rellene el cupón y envíelo a
Harlequin Reader Service®
3010 Walden Ave.
P.O. Box 1867
Buffalo, N.Y. 14240-1867

¡Si! Por favor, envíenme 2 novelas de amor de Harlequin (1 Bianca® y 1 Deseo®) gratis, más el regalo sorpresa. Luego remítanme 4 novelas nuevas todos los meses, las cuales recibiré mucho antes de que aparezcan en librerías, y factúrenme al bajo precio de $3,24 cada una, más $0,25 por envío e impuesto de ventas, si corresponde*. Este es el precio total, y es un ahorro de casi el 20% sobre el precio de portada. !Una oferta excelente! Entiendo que el hecho de aceptar estos libros y el regalo no me obliga en forma alguna a la compra de libros adicionales. Y también que puedo devolver cualquier envío y cancelar en cualquier momento. Aún si decido no comprar ningún otro libro de Harlequin, los 2 libros gratis y el regalo sorpresa son míos para siempre.

416 LBN DU7N

Nombre y apellido	(Por favor, letra de molde)
Dirección	Apartamento No.
Ciudad	Estado Zona postal

Esta oferta se limita a un pedido por hogar y no está disponible para los subscriptores actuales de Deseo® y Bianca®.
*Los términos y precios quedan sujetos a cambios sin aviso previo.
Impuestos de ventas aplican en N.Y.

SPN-03   ©2003 Harlequin Enterprises Limited

Deseo

EL MANDATO DEL REY

JENNIFER LEWIS

El seductor rey Vasco Montoya era imparable. Tras enterarse de que la muestra que había donado en su juventud a un banco de esperma había sido utilizada, había decidido reclamar a su heredero y, por ende, a su encantadora madre.

Stella Greco estaba decidida a proteger a su pequeña familia de aquel desconocido. Pero su vida dio un giro y no le quedó más remedio que recluirse en el reino de los Montoya para empezar de nuevo. Incluso antes de llegar, la magia del cuento de hadas de Vasco empezó a desplegarse. Claro que los finales felices no eran tan simples como un beso, por muy ardiente que fuera.

A merced de Su Majestad

¡YA EN TU PUNTO DE VENTA!

Resistirse era inútil…

Serena Scott sabía que Finn St George solo podría causarle problemas. Era un hombre impresionante y uno de los mejores pilotos del mundo, sí, pero estaba empeñado en matarse y ella tenía que volver a encauzarlo.

A Finn le encantaba ser un playboy. Al fin y al cabo, disfrutar de mujeres bellas era mucho más placentero que aferrarse a su amargo pasado, pero Serena se resistía a sus encantos y eso hacía que hubiese entre ambos una batalla de deseos. ¿Lograría ella domarlo, o se vería enredada en el sensual poder de su atracción?

Más allá de la culpa

Victoria Parker